SEDUZIONE PRÊT-À-PORTER

SERIE UOMINI SUCCULENTI - 4

VANESSA VALE

Copyright © 2021 by Vanessa Vale

Tutti i diritti riservati. Nessuna parte di questo libro può essere riprodotta o trasmessa in qualunque forma o mezzo, elettrico, digitale o meccanico, incluso ma non limitato alla fotocopia, la registrazione, la scannerizzazione o qualunque altro mezzo di salvataggio dati o sistema di recupero senza previa autorizzazione scritta da parte dell'autore.

Vale, Vanessa
Titolo originale: Porterhouse

Cover design: Bridger Media
Cover graphic: Deposit Photos: area; Period Images

ISCRIVITI ALLA NEWSLETTER

Unisciti alla mailing list per essere informato per primo su nuove uscite, libri gratuiti, premi speciali e altri omaggi dell'autore.

http://vanessavaleauthor.com/v/db

PROLOGO

Donne. Come dice il proverbio, non si può vivere nè con loro, nè senza di loro. Sarei stato d'accordo, non fosse stato che non valeva per tutte le donne. Solo per una in particolare. Jill Murphy. Non potevo vivere con lei perchè non era ancora pronta a fare altro se non uscire ogni tanto per qualche appuntamento. Il fatto che desiderasse me e Liam Hogan, ma che non si fosse ancora concessa di ammettere a se stessa la cosa, forse ne era il motivo. Noi non la stavamo aiutando poi più di tanto dal momento che non sapeva che eravamo entrambi più che d'accordo con quella cosa. Io e lui ci eravamo incontrati e avevamo concordato che l'avremmo rivendicata assieme. Perchè farci la guerra quando potevamo averla entrambi? Due uomini che si prendevano cura di lei, la amavano, la proteggevano, era meglio per Jill. Avrebbe sempre avuto un uomo su cui fare affidamento, che si prendesse cura di ogni sua necessità.

La volevamo entrambi. La desideravamo entrambi. Avevamo bisogno entrambi di entrarle dentro, e presto. Io ero in grado di persuadere una giuria in tribunale usando parole strategiche e un valido argomento. Tuttavia, Jill non era un caso da vincere, ma un cuore da conquistare. Era importante che giungesse da sola alla decisione di appartenere ad entrambi. Volevamo che si lasciasse andare al cento per cento, anima e corpo. Tutto il suo seducente corpo.

Dunque non potevo vivere con lei. Non ancora.

Per quanto riguardava il vivere senza di lei? Assolutamente no. Col cazzo proprio. Solo vedere il suo viso illuminarsi quando mi guardava mi rendeva felice. Felicissimo. Al settimo cielo, cazzo.

Jillian Murphy era mia. Tutta mia, e anche di Liam. Avremmo vissuto con lei, l'avremmo rivendicata, ce la saremmo tenuta, l'avremmo custodita, cazzo, e non avremmo mai trascorso nemmeno una notte senza averla accanto ad uno di noi due.

Prima, però, lei doveva essere d'accordo.

Donne.

1

Jill

Riuscivo a sentire il mio cellulare squillare in fondo alla borsetta, ma non avevo intenzione di togliere le mani dal volante per cercarlo, a prescindere da quanto impaziente fossi di rispondere. Non con la neve per strada. Gli ultimi centimetri erano freschi ed erano passati gli spazzaneve, ma non avevano usato il sale nè avevano grattato fino all'asfalto, per cui le strade di Raines sarebbero state una dura crosta di ghiaccio fino al disgelo primaverile, che non sarebbe arrivato se non prima di un altro paio di mesi.

Fu facile trovare un parcheggio per strada e vi accostai spegnendo il motore. Mi piacevano i nuovi modelli che permettevano di sincronizzare il cellulare all'auto per poter telefonare senza dover usare le mani, ma ciò non era possibile col mio SUV poco recente. Viaggiava, aveva il riscaldamento – il che era fantastico dal momento che le temperature rasentavano lo zero – ed era tutto mio, niente rate nè leasing.

Frugai nella borsetta e trovai il cellulare. Pensai che potesse trattarsi di Porter che mi voleva dire che avrebbe fatto tardi perchè arrivava dal lavoro a Clayton, ma invece era Parker Drew.

«Ci parlerai, vero?» mi chiese, senza preoccuparsi di rompere il ghiaccio con un "ciao". «Non puoi tirarti indietro.»

Io roteai gli occhi. «Sì. Questa sera è la serata giusta.»

«Sembri un tantino nel panico.»

«*Sono* un tantino nel panico,» ammisi. «Cioè, perchè non dovrei esserlo? Non capita tanto spesso che un ragazzo si senta dire di non essere abbastanza e che una donna desideri lui *e* il suo migliore amico.»

«Nessuno dei due la penserà così,» controbatté lei.

Le farfalle nel mio stomaco mi dicevano il contrario. «Spero di no, ma potrei finire col non avere nessuno dei due.»

«Porter è un Duke e avere due uomini che rivendicano una donna è una cosa da Duke. Cioè, guarda me.»

«Tu ne hai tre,» la corressi. Usciva – un termine decisamente blando per ciò che faceva in realtà – con il cugino di Porter, Gus Duke, così come con altri due uomini, Kemp e Poe.

«Sei stata chiara con loro fin dall'inizio sul fatto che ti interessassero entrambi. Nessuno può cavarsela con l'uscire insieme a due uomini nello stesso momento in una cittadina delle dimensioni di Raines senza che l'altro lo venga a sapere.»

Io uscivo con Porter Duke *e* con Liam Hogan, il nuovo sceriffo della Contea di Raines. Sin dall'inizio, avevo detto loro di non volere nulla di serio. Nulla di esclusivo. Be', io stavo uscendo esclusivamente con loro due, ma non insieme. Mi erano interessati entrambi sin da subito, insieme, ma non avevo idea di come dirglielo. Non ce l'avevo ancora, ma quella sera l'avrei fatto comunque.

Mi piacevano *davvero*. No, mi ero innamorata. Di brutto. Non solo di Porter o di Liam, ma di Porter *e* di Liam.

«Lavoro troppo per fare qualunque cosa a parte andarci piano,» le dissi. Facevo l'infermiera e lavoravo a tempo pieno all'ospedale. Tre turni da dodici ore in sala risveglio a inizio settimana, poi condividevo una posizione nell'ufficio di una dottoressa con una donna che aveva appena avuto un figlio e voleva ridursi le ore ad un part time. Dividerci quel lavoro di mezza giornata funzionava per entrambe, per cui ci lavoravo il giovedì e il venerdì. La dottoressa Metzger era bravissima e mi aveva parlato di proseguire i miei studi da infermiera, ma non ce l'avrei mai fatta. Non ne avevo il tempo, non ne avevo molto libero per fare altro a parte dormire, caricare la lavatrice e svolgere qualche commissione. Specialmente non avevo tanto tempo per un fidanzato... o due.

Mi piacevano un sacco Porter e Liam – per usare un eufemismo – e avevo voluto conoscerli entrambi. Erano stati entrambi aperti al divertimento, agli appuntamenti facili e al fatto che uscissi anche con l'altro. Nel corso degli ultimi mesi, separatamente, eravamo usciti a cena, a fare delle passeggiate, perfino a giocare a bowling. Erano entrambi uomini affascinanti, intelligenti e di successo – e anche sexy – ed io li volevo entrambi. Tutto ciò che facevamo non faceva che confermarlo. Parker e i suoi uomini erano la prova che potevo avere sia Porter che Liam, che il mio cuore non doveva accontentarsi. E lei non era l'unica. Ava, che gestiva il Seed and Feed, era fidanzata con Colton Ridge e Tucker Duke, un altro dei cugini di Porter. *Due uomini*.

«Tesoro, i ghiacciai avanzano più rapidamente di te,» aggiunse Parker.

Mi accigliai di fronte alle sue parole, per quanto non potesse vedermi. Eravamo state amiche da piccole, ma avevamo perso i contatti nel corso degli anni. Lei era tornata in città qualche mese prima per rimpiazzare temporaneamente lo sceriffo e ci eravamo ritrovate. Il fatto che fosse stata il capo di Liam per un paio di mesi prima che venisse eletto lui per quel posto, e il fatto che uscisse pure lei stessa con Duke, le faceva credere di essere *un'esperta* della mia vita amorosa.

«Un conto è uscire senza impegno con due uomini insieme, ma c'è un limite all'andarci a letto insieme,» replicai.

«A meno che non lo si faccia *letteralmente* insieme.»

Mi scaldai all'idea di trovarmi in mezzo a Liam e Porter. Ci avevo fantasticato, mi ero toccata ed ero venuta all'immagine mentale del trovarmi a letto con quei due uomini virili. Avevo perfino fatto un paio di acquisti discreti online comprando qualche plug anale per vedere come sarebbe stato. Come sarebbe stato scoparmi due uomini nello stesso momento, uno nella figa e l'altro nel culo? Uno moro, l'altro biondo. Grandi mani significavano grandi cazzi, ed io mi agitai sul sedile sperando che avrei potuto confermare quell'ipotesi con loro. Magari quella sera.

«Esattamente. Ecco perchè ci troviamo al Cassidy, così posso dirgli di voler stare con loro. Insieme. Basta con le uscite senza impegno.»

«Bene, perchè senza dubbio quei due ne hanno le palle piene, letteralmente.»

«Ti preoccupi per loro? E io? Hai visto quei due? Sono uscita con due fighi e non ho fatto nulla più che baciarli.»

«È solo colpa tua,» controbatté lei. «Se gliene avessi

parlato settimane fa, non ho dubbi che te li saresti portati a letto entrambi, ormai.»

Io emisi un buffo piagnucolio, sentendomi un po' preoccupata, un po' solidale e un po' d'accordo. Tuttavia ero ancora in dubbio, temevo ancora che avrebbero riso quando avessi detto loro la verità. Non ero abituata al trovare uomini che volessero assumersi un impegno. Mio padre era fuggito via quando ero piccola, lasciando mia madre da sola a prendersi cura di due figli con poche opportunità di lavoro. Mio fratello era diventato proprio come lui: egoista e irresponsabile. Fare affidamento sugli uomini non faceva per me. Forse era per quello che mi ci era voluto così tanto anche solo per provare a dire a Porter e Liam che cosa desiderassi. Era più facile non averli nella mia vita, ma loro non erano affatto come gli uomini che conoscevo. Loro erano... *buoni*. Gentiluomini in tutto e per tutto.

Tuttavia, se se ne fossero andati come mio padre... la cosa mi avrebbe distrutta.

Parker rise. «Sistema la cosa. Ho visto come ti guardano. Gli piaci. Sul serio. Concedi una pausa al tuo vibratore e fallo sul serio. Con entrambi.»

Con entrambi mi sembrava meraviglioso. Non ero mai stata con due uomini prima di allora. La mia tecnica a letto si limitava praticamente alla missionaria e ad un paio di altre posizioni non da Kama Sutra. E gli orgasmi. Potevo anche essere stata con un paio di ragazzi, ma dovevo toccarmi un po' il clitoride da sola per riuscire a venire. Prendermi due cazzi in una volta sola andava ben oltre il mio livello di conoscenze. Solo perché non avevo avuto tanta esperienza, però, non significava che non avessi fantasticato su altro... che non avessi letto libri erotici in proposito. Tuttavia, volevo provarci in ogni caso. Con Porter Duke e con Liam Hogan. Volevo tutto con loro.

Con il motore spento, l'abitacolo si stava raffreddando in fretta, ma il pensiero di stare con quei due mi tenne al caldo. Baciarli era già stato abbastanza eccitante. E ci eravamo baciati in bocca. Cosa avrebbero potuto fare in altri punti del mio corpo? *Nello stesso momento?*

Lanciando di nuovo un'occhiata fuori dal finestrino, vidi Porter che mi veniva incontro lungo il marciapiede. Il mio cuore perse un battito nel vederlo. Grande, tanto da poter oscurare il sole. A differenza di suo cugino, Duke, che era di stazza simile e gareggiava nel rodeo professionistico, Porter aveva ottenuto una borsa di studo al college per via del football. Poteva anche essersi lasciato quei giorni da difensore alle spalle quando si era diplomato ed era andato a scuola di legge, ma non aveva perso la stazza. Non indossava un cappotto, nemmeno nelle serate più fredde, dicendo di essere come una fornace e di non averne mai bisogno.

I suoi capelli scuri facevano capolino al di sotto di un cappello da cowboy. Mi vide e mi sorrise e, perfino da quella distanza, riuscii a vedere la sua fossetta.

Dio, ero cotta. Stracotta. Non mi ero mai sentita in quel modo con nessun altro... a parte Liam. Non ero mai stata innamorata prima, ma mi sembrava decisamente che il sentimento fosse quello. Avevo la sensazione che lui provasse la stessa cosa per il modo in cui mi guardava, il modo in cui mi parlava... semplicemente mi veniva voglia di appoggiarmi a lui e stringerlo, lasciare che si prendesse cura di me. Lui voleva un impegno da parte mia più grande di quello che ero stata in grado di concedere fino a quel momento. Non che fossi il tipo da conservarmi fino al matrimonio, perchè non lo ero, ma avevo bisogno di sentirmi sicura.

Lanciando un'occhiata nello specchietto retrovisore, vidi Liam Hogan sopraggiungere lungo il marciapiede dalla parte opposta. Dio, il cuore mi si strinse nel vedere anche lui. Rilassato e sereno, quel biondino aveva un sorriso facile e un'indole generosa. Protettivo al massimo. Ed era pessimo a bowling. Aveva anche degli occhi azzurri che mi guardavano con una passione tale da rovinarmi le mutandine. E un uomo in uniforme... Mi faceva sentire cose. Amavo anche lui. Dio, era vero. Avrei voluto sedermi in braccio a lui e non alzarmi mai più.

Dal momento che ero uscita con entrambi, però, mi ero rifiutata di fare altro a parte baciarli. Tuttavia, quando l'alchimia era stata alle stelle, era stato mooooolto difficile. Non sarebbe stato giusto fare di più con l'uno o con l'altro e avrei avuto la sensazione di tradirli. Non volevo farli aspettare, ma li volevo entrambi. E quella sera, le cose dovevano cambiare. Basta appuntamenti. Basta uscite senza impegno.

Gli uomini si fermarono davanti alla mia macchina, spalla contro spalla, guardando me. Io deglutii. Era la prima volta che li vedevo assieme. Erano uomini grandi e grossi e mi desideravano entrambi. Con un po' di speranza, dopo la nostra chiacchierata, avrebbero continuato a volermi. Scacciai via ogni pensiero riguardo a mio fratello.

Era il momento. Mi morsi un labbro per reprimere una risatina stupida. Due uomini. Li volevo entrambi. Insieme. Ed era arrivato il momento di dirglielo.

2

ORTER

«Non organizzerebbe un appuntamento con entrambi se volesse lasciarci. Giusto?» mormorò Liam, infilandosi le mani nelle tasche del cappotto mentre ce ne stavamo uno accanto all'altro in piedi sul marciapiede.

Faceva un freddo cane, ma speravo che, prima che fosse calata la sera, ce ne saremmo stati al caldo con Jill in mezzo a noi. Nuda. Mi stava venendo duro al solo pensarci. Diamine, ce l'avevo avuto duro per lei per mesi, sin da quando avevamo cominciato a vederci. *Vederci*. Merda, quella parola sembrava uno status da social media, non la realtà. Non alla mia età. Un uomo di trentaquattro anni *si vedeva* con le donne?

La realtà eravamo io e Liam che aspettavamo pazientemente che la nostra ragazza superasse qualunque problema avesse con lo stare con entrambi. Già, era una cosa grossa e non era "normale". Ma cosa diavolo era normale quando si trattava delle relazioni? Speravo che avessimo finito di aspettare e che potessimo rendere la cosa ufficiale.

«Diavolo, no. È troppo dolce per fare una cosa del genere.»

Sentii Liam borbottare qualcosa in risposta. «È più che solamente dolce ed io sono pronto a mettere a nudo tutte le altre sue qualità.»

«Cazzo, sì,» mormorai io, più a me stesso che a Liam.

Jill Murphy era tutto ciò che avevo mai desiderato in una donna. Intelligente, affettuosa, premurosa, piena di integrità e perseveranza. Aveva lavorato duramente dopo il college per diventare infermiera, si era presa cura di sua madre quando si era ammalata e aveva preso il fratello sotto la propria custodia dopo che era mancata. Si meritava di avere qualcuno che si prendesse cura di lei, adesso. Fortunatamente, aveva due uomini disposti a farlo.

Io ero amico di Liam da anni, ma non avevo mai preso in considerazione l'idea di rivendicare una donna insieme a lui fino a quel momento. Fino a quando non avevo visto Jill lì al Cassidy una sera. A quel punto, era finita. Uno sguardo e mi ero ritrovato al tappeto. No, in paradiso. Colpito e affondato. Erano passati anni dall'ultima volta che avevo avuto una relazione seria ed era stata un completo disastro. Sierra non solo mi aveva calpestato il cuore, ma aveva anche distrutto la mia carriera. Non mi ero fatto monaco, ma non mi ero aspettato di voler mai più desiderare qualcosa di serio con una donna. Fino a Jill.

Lo stesso valeva per Liam. L'aveva vista e aveva smesso di cercare. Non avevamo intenzione di lottare per lei. Diamine, no. Perchè avremmo dovuto? Non è che fossi il primo Duke a condividere una donna.

Parker Drew, la donna che aveva preceduto Liam in qualità di sceriffo, si era messa con mio cugino, Gus, e altri due uomini. Certo, quel coglione di Beirstad aveva sollevato un po' di polverone al riguardo, ma Parker aveva messo a tacere il tutto. Così come la zia Duke.

A nessun altro in città importava, e a me non sarebbe fregato un cazzo se così non fosse stato. Nessuno mi avrebbe rovinato la carriera solo per via di una relazione a tre. No, una storia a tre non era chissà che cosa. Una donna che mi sfruttava in quanto procuratore distrettuale per far accantonare un caso per via di un conflitto d'interessi – scoparsi il difensore poteva decisamente essere considerato tale – era un problema molto più grosso. Sierra poteva anche essere stata così, ma Jill non lo era. Lei era troppo dolce per fare una cosa del genere, nonostante nascondesse in sè un'ammaliatrice che bramava due cazzi.

Non c'era nulla a impedirci di fare Jill nostra. A parte Jill stessa. Era stata chiara sin dall'inizio sul fatto di voler uscire con entrambi. Lo sapevamo, eravamo stati – riluttantemente – d'accordo con la cosa dal momento che avevamo sperato che prima o poi l'avremmo avuta in mezzo a noi. Due mesi, però? La mia mano non bastava a soddisfare il mio cazzo, a svuotarmi i testicoli di tutto il seme che producevo solamente pensando a lei.

Jill si rifiutava di fare altro a parte baciarci. Diamine, era tutto ciò che avevamo fatto per tutto il tempo che eravamo *usciti* assieme. E ci eravamo baciati sulle labbra. Mi ero immaginato a posare la bocca su altre parti del suo corpo. La sua clavicola delicata, la curva inferiore dei suoi seni, la parte più sporgente della sua anca, il suo interno coscia. La sua figa.

Mi leccai le labbra, pronto a scoprire quanto fosse dolce *ovunque*.

Il tempo passato con lei era stato più casto di quando ero

al liceo, non avevamo nemmeno limonato in macchina. Niente palpate eccitanti. Niente sesso.

Mi passai una mano sulla nuca. Ciò che avevamo fatto era stato corteggiamento. Due mesi a conoscere davvero Jill Murphy. Ciò che le piaceva, ciò che non le piaceva. Le sue stranezze. Il fatto che fosse allergica all'uva, che lavorasse così duramente. Ne era valsa la pena. Valeva per me, ma Liam era d'accordo e dunque la cosa valeva anche per lui. Non aveva fatto che consolidare il nostro desiderio per lei, e non solo per una sveltina. Aveva consolidato il fatto che fosse *nostra*, che la amassimo. Dovevamo solamente farlo ammettere finalmente anche a quel suo astuto cervellino.

Avremmo continuato ad andarci piano fino a quando non fosse stata pronta. Io, però, ero un maschio a sangue caldo e lei era eccitante da morire. Avevo sognato di fare ogni genere di cosa sporca e spinta con lei. Me l'ero menato sotto la doccia abbastanza spesso – quotidianamente – pensando a lei. Nel mio letto, nuda, con le cosce ben aperte. Piegata a novanta sullo schienale del mio divano. Sdraiata sul tavolo della mia cucina.

Cazzo, mi stava venendo duro al solo pensarci.

Non era una sveltina. Non ci si faceva una scopata tanto per divertirsi, con lei. Non che volessi farlo. No, io volevo un per sempre con Jill. E lo stesso valeva per Liam. Quando ce la fossimo presa per la prima volta – e l'avremmo fatto – non sarebbe stata una cosa casta. Non sarebbe stato dolce. Sarebbe stato selvaggio, ma sarebbe stata l'ultima prima volta per tutti noi. Doveva sapere che una volta che ce la fossimo rivendicata, sarebbe stata nostra. Per sempre. Magari era per questo che stava temporeggiando. Sapeva che non avrebbe potuto tornare indietro.

«Con chi diavolo sta parlando?» chiese Liam, il respiro che gli usciva in una nuvoletta di fumo.

Io non risposi perchè come diavolo avrei fatto a saperlo? Non sembrava troppo felice, però, ed era di *quello*, lo sapevo, che stava parlando Liam. Chiunque fosse, le aveva conferito un'espressione accigliata.

«Turabare così la nostra ragazza è un fottuto sbaglio,» aggiunse.

«Probabilmente è quello stupido – e sfaticato – di suo fratello,» borbottai io.

Liam emise un altro verso concordando con me. Conosceva più lui Tommy Murphy di me, dal momento che era stato arrestato diverse volte, ma non aveva ancora avuto bisogno di nessuno dell'ufficio del procuratore. Sapevo che era solamente questione di tempo, però. Aveva vent'anni, non era più un bambino, e quel legame morboso che aveva con Jill doveva essere spezzato. Vista la loro storia famigliare e il buon cuore di Jill, sarebbe stato difficile.

Jill terminò la chiamata e noi la guardammo gettare il cellulare nella borsetta e scendere dalla macchina. Quando fece il giro del cofano, ci sorrise.

Io ero venuto lì dal lavoro, avevo parcheggiato in fondo all'isolato per incontrare Jill per cena. Liam mi aveva mandato un messaggio dicendomi di aver ricevuto lo stesso invito, il che aveva dato ad entrambi un po' di speranza. Era giunto dall'ufficio dello sceriffo un isolato più in là.

«Questo sì che mi rende felice,» dissi mentre lei saliva sul marciapiede. Le porsi una mano per aiutarla a superare un piccolo cumulo di neve. Per quanto indossasse dei guanti, riuscivo a sentire il calore della sua pelle attraverso la lana.

Lei sollevò lo sguardo su di me con occhi scuri che brillavano alla luce dei lampioni. Essendo più bassa di una ventina di centimetri, doveva piegare indietro la testa per guardarmi. Ciò non faceva che ricordarmi quanto fosse fragile, per quanto non osassi dirglielo. Sapeva prendersi cura di sè, quello era certo. L'aveva dimostrato nel corso degli anni, ma perchè avrebbe dovuto?

«Oh?» chiese lei, avvicinandosi.

«Il tuo sorriso, dolcezza.» Le accarezzai una guancia con un dito. «Proprio ciò che adoro vedere.»

Lei me ne rivolse uno ancora più ampio e distolse lo sguardo, improvvisamente un po' timida. Perfino al buio, riuscii a vederla arrossire. «Quel sorriso non è solamente per te, Porter Duke.»

Liam la prese per mano e la strattonò delicatamente verso di sè. Abbassò la testa e le diede un rapido bacio sulle labbra. «Esatto, un po' è anche per me. Giusto?»

Jill sollevò lo sguardo su di lui e annuì. Io non stavo trattenendo il fiato, ma mi sentii come se avessi buttato fuori tutta l'aria che avevo in corpo. Era la prima volta che noi tre facevamo qualsiasi cosa insieme e il fatto che lei avesse baciato Liam di fronte a me era un buon segno. Quella sarebbe stata la serata in cui avrebbe acconsentito a condividere se stessa con entrambi?

«Brava la nostra ragazza,» disse lui, poi la prese per mano. «Va tutto bene?»

Aveva un cappellino arancione in testa, i capelli scuri che le scendevano lungo la schiena. Con lo spesso cappotto nero che le arrivava alle ginocchia, riuscivo a vedere solamente un po' di jeans infilati dentro agli stivali. Niente divisa da infermiera colorata, per cui doveva essersi cambiata nell'ufficio della dottoressa prima di venire da noi.

Il suo sorriso vacillò per un istante e lei sospirò. «Stavo solamente parlando con Parker.»

Ah. Lavorava nel mio ufficio da due mesi e aveva cercato di tenersi fuori da qualunque cosa stessimo facendo io e Liam con Jill. Senza riuscirci più di tanto. Chiaramente, si stava dando da fare con Jill. Dovevo solamente sperare che stesse cercando di far ammettere alla nostra ragazza di volerci tutti e due.

«Parlavate di qualcosa di bello, spero,» disse Liam.

«Lo spero,» mormorò lei, traendo un respiro profondo e rivolgendoci un sorriso radioso. «Muoio di fame.»

Io annuii, prendendola per mano. «Allora andiamo a mangiare.»

Poi, magari, dopo aver parlato e averle finalmente fatto ammettere che ci desiderava entrambi, avremmo potuto portarla a casa mia e darle qualcos'altro da mangiare. Tipo i nostri cazzi.

3

IAM

Ero abituato ad interrogare i sospetti, a tirar loro fuori le risposte, a far ammettere loro la verità. Le mie nocche mostravano le cicatrici delle lotte di quando ero stato più giovane, quando mi piaceva usare i pugni per risolvere i problemi. Tuttavia, il distintivo che portavo sul petto considerava quel genere di giustizia illegale, per cui avevo imparato a sfruttare le parole. In quanto procuratore distrettuale della contea, lo stesso valeva per Porter. Tuttavia, Jill Murphy non era una sospettata e non c'erano state prove a sufficienza che dimostrassero che ci desiderava entrambi. Fino a quel momento.

Ci aveva chiesto di incontrarla lì per cena, cosa che non aveva mai fatto in passato. L'avevamo portata fuori separatamente, mai insieme. Io ero stato audace là fuori sul marciapiede e l'avevo baciata, e lei me lo aveva permesso. Con

Porter a guardarci. Non me l'avrebbe lasciato fare se non le fosse stato bene, se non fosse stato un gesto che gridava palesemente *Vi voglio entrambi!*

Ero cotto. Decisamente cotto di lei, e non le avevo nemmeno visto la figa.

Jill era semplicemente fantastica. Impeccabilmente onesta. Non era subdola, non usciva con due uomini di nascosto. Non che fosse possibile in una cittadina delle dimensioni di Raines, ma avevo conosciuto donne che ci avevano provato. Anche uomini. Ero finito col rispondere ad un paio di chiamate per liti domestiche proprio per quel motivo.

Essere onesta, però, non significava che fosse tutta dolce e pura. Nessuna donna che desiderasse due uomini poteva esserlo. Doveva sapere come sarebbe stato, il fatto che due paia di mani, due bocche, due cazzi fossero meglio che uno.

All'età di ventisei anni, decisamente non era vergine. E per quanto tutto ciò che ci avesse concesso negli ultimi due mesi fossero stati dei baci, ciò non significava che non sognasse di più. Che non si infilasse la mano nelle mutandine facendosi venire. Che non estraesse un vibratore o un grosso dildo dal comodino e non si masturbasse pensando a me e Porter. Poteva giocare quanto voleva, ma non sarebbe stato mai come farlo davvero con noi. Io ce l'avevo più grande di qualsiasi dildo potesse comprarsi e per quanto io e Porter non avessimo mai condiviso una donna prima d'ora, non avevo dubbi che lui le avrebbe rovinato la piazza per qualsiasi altro fidanzato a batterie ricaricabili.

Tuttavia, il tavolo attorno al quale sedevamo non si trovava in una sala interrogatori. Jill non era una sospettata. Era la mia futura moglie. Non le avrei estorto di bocca le parole che volevo sentirle dire.

No, me le avrebbe concesse lei. A entrambi.

Non avevo mai condiviso una donna in passato. Non ci avevo mai pensato. Non fino a Jill. Sì, sarebbe stato un tantino strano, inizialmente, spogliarmi e scoparmela con Porter nella stessa stanza. Diamine, nello stesso letto, ed eventualmente nello stesso momento, ma si trattava solamente di Jill. Eravamo amici da abbastanza tempo, avevamo condiviso abbastanza esperienze da sapere che volevamo costruirci una vita insieme a lei.

Il profumo di hamburger mi fece venire l'acquolina in bocca e dal jukebox nell'angolo proveniva della musica country. Il Cassidy era affollato, pieno di gente postuma dall'happy hour e di chi voleva cenare fuori. Era ancora troppo presto per i gran bevitori. Io comunque non prestai attenzione a nulla di tutto ciò. Ero concentrato solo ed esclusivamente su Jill. Con i suoi espressivi occhi scuri, il volto a forma di cuore, le labbra piene e i bellissimi capelli castani, non riuscivo a distogliere lo sguardo.

Jill aveva orchestrato le cose tra di noi fino a portarci a quel momento. Ora toccava a noi assumere il controllo. Era ironico il fatto che ci trovassimo lì al Cassidy dal momento che era il primo posto in cui l'avevo vista. Il posto in cui avevo deciso che sarebbe stata mia. Che io e Porter l'avremmo condivisa. Gli lanciai un'occhiata e lui mi rivolse un breve cenno del capo.

Non potevamo estorcerle una confessione, ma potevamo decisamente cercare di persuaderla a parlare.

«Come va al lavoro?» le chiesi, cominciando dalle cose semplici.

Io e Porter eravamo troppo grandi per riuscire a stare seduti comodi infilati in uno dei divanetti lungo le pareti, per cui ci trovavamo ad un tavolo da quattro. Avevamo ammucchiato giacche, cappotti e accessori invernali sulla sedia vuota accanto a lei. Aveva i capelli un tantino scompigliati per via del cappello, ma mi piacevano così perchè mi facevano pensare a come avrebbero potuto essere dopo una lunga nottata a scopare. Gli abiti invernali non mettevano in mostra molta pelle, e il maglione rosa di Jill la copriva dal collo fino ai polsi. Tuttavia, non nascondeva le sue morbide curve mentre se ne stava seduta di fronte a noi.

Lei bevve un sorso di birra, poi posò la pinta su un sottobicchiere. «Bene. Sono semplicemente contenta che sia venerdì e di poter dormire fino a tardi domani.»

Speravo che volesse dormire fino a tardi perchè l'avremmo tenuta sveglia per scoprire quanto fosse morbida la sua pelle, cosa la facesse gemere e implorare, che versi emettesse quando veniva. Per poi rifare tutto daccapo.

«Lavori troppo,» disse Porter.

Gli occhi scuri di lei incrociarono i suoi ed io la vidi per metà d'accordo e per metà irritata. Fece spallucce. «Non ho intenzione di fare due lavori per sempre. Fidatevi.» Sospirò e roteò gli occhi. «Manca un anno per finire di pagare le parcelle mediche di mia mamma, poi mi occuperò come si deve dei miei prestiti per la scuola. In ogni caso, non ha importanza. Dimmi di te, hai chiuso quel caso?»

Mi guardò col suo solito sguardo aperto e interessato, chiaramente desiderosa di cambiare argomento. Non le piaceva accennare al fatto di avere dei debiti, di stare faticando a mantenersi a galla economicamente, nonostante lavorasse quasi sessanta ore a settimana. Offrirle dei soldi sarebbe stato brutto. Davvero brutto. Non è che fossi ricco – fare lo sceriffo non mi avrebbe reso milionario – ma il ranch di famiglia era in parte mio e non mi servivano molti soldi. Jill non avrebbe accettato della carità, volendo guadagnarsi da vivere. Io la rispettavo tantissimo per questo, ma si sarebbe scavata la fossa da sola a forza di lavorare tanto se avesse continuato così. Stare con lei significava che ciò che affliggeva lei affliggeva noi, che non avrebbe dovuto lavorare tanto duramente. Diamine, non avrebbe dovuto lavorare affatto, se era ciò che desiderava. Non lo era, lo sapevo, ma avrebbe potuto permettere a me e Porter di aiutarla.

Una cosa alla volta.

Le offrii un cenno del capo. «Sì. È nelle mani di Porter, ora.» In quanto Procuratore Distrettuale, avrebbe lavorato con l'avvocato di quel tizio per trovare un accordo o portarli in tribunale.

Lui inarcò un sopracciglio scuro. «Il caso Monroe?»

Uno spacciatore di basso livello beccato con della metanfetamina nascosta nel baule dell'auto. Possesso. Intenzione di distribuzione. «Già.»

«Con le prove contro di lui, è un caso aperto e chiuso,» aggiunse Porter. «Qualcosa da celebrare. È per questo che ci hai chiamati per uscire a cena con entrambi? Stiamo celebrando, dolcezza?»

A quel punto arrivò Jed Cassidy con i nostri piatti invece della cameriera che aveva preso i nostri ordini. Alto ben più di un metro e ottanta e un professionista del rodeo ormai in pensione, ci si doveva abituare a vederlo gestire un bar invece che in sella ad un cavallo selvaggio imbizzarrito. Tuttavia, lui adorava il suo secondo lavoro – e non rischiava di spezzarsi l'osso del collo – ed io non potevo biasimarlo.

«È bello vedere che finalmente ti sei rivendicata questi due, Jill.» Le fece l'occhiolino e lei arrossì adorabilmente.

Lei lanciò un'occhiata a me, poi a Porter. Si leccò le labbra, chiaramente un po' nervosa.

«Finalmente avete tirato fuori la testa dal culo e ve la siete presa entrambi,» proseguì Jed, guardando noi. Non ci aveva proprio azzeccato, ma non avevo intenzione di correggerlo. «Kaitlyn sarà emozionata di sapere che vi unirete a noi per qualcuna delle riunioni dei Duke.»

Jed aveva rivendicato Kaitlyn, la bibliotecaria del paese, assieme al cugino di Porter, Duke. Jed, come me, era legato alla famiglia Duke per vie traverse.

Parker Drew, il mio vecchio capo e precedente sceriffo, mi aveva raccontato tutto sulle cene dei Duke. Dal momento che lei era felicemente legata a Gus Duke, un altro dei cugini di Porter – ne aveva quattro – così come agli altri due veterinari della città, Kemp e Poe, avevo ottenuto un sacco di informazioni su quella famiglia.

Dopo le elezioni e l'aver preso il suo posto, Parker aveva assunto un ruolo da avvocato nell'ufficio di Porter, per cui non avevo dubbi sul fatto che probabilmente avesse tormentato anche lui sul mettersi con Jill. Quotidianamente.

Per quanto riguardava le riunioni settimanali dei Duke, non mi ero mai unito a Porter per nessuna di esse – nemmeno lui partecipava a tutte – ma avevo la sensazione che presto l'avremmo fatto, proprio come stava suggerendo Jed.

Lui posò un piatto carico di un cheeseburger e delle patatine di fronte a Jill. «Farai infuriare un bel po' di donne nei dintorni togliendo questi due dalla piazza.» Ci indicò con un cenno del capo.

«Io...» esordì Jill, continuando a far scorrere lo sguardo tra me e Porter. Non potei fare a meno di sorridere, godendo nel vederla tanto frastornata. Jed ci stava aiutando senza nemmeno rendersene conto.

Posò anche il piatto di Porter, poi il mio. «Devo ringraziarti, a proposito,» proseguì, indicando Jill.

«Oh?» chiese lei, chiaramente un tantino confusa.

«Grazie a te, ho vinto venti dollari. Duke aveva pensato che gli ci sarebbe voluto un altro mese per rivendicarti.»

Avrei dovuto sentirmi insultato, ma decisamente non era quello il caso.

Jill spalancò la bocca e lo guardò con occhi sgranati. «Avete scommesso su di me?»

Jed scosse la testa. «Non su di te. Su di loro.» Ci indicò con un pollice.

«Allora, Jill?» Le parole di Porter la fecero voltare verso di lui. «Jed ha vinto i suoi venti dollari?»

Io allungai una mano e presi la sua. «Ti abbiamo rivendicata?»

Trattenni il fiato, in attesa della sua risposta. Porter era un bel partito. Un lavoro stabile, possedeva una casa con un bel terreno, non aveva debiti, proveniva da una famiglia forte e benevola, aveva tutti i capelli in testa e, a giudicare da quanto sostenevano le donne in città, era eccitante da morire. Una piccola parte di me si era sempre chiesta, perchè anch'io? Che cosa ci vedeva Jill in me? Riuscivo ad immaginarmela felice con Porter. *Solo* con Porter. Se adesso ci voleva entrambi, avrebbe cambiato idea in futuro?

«Aspetta, pensavo fosse già cosa fatta,» commentò Jed, ma noi non lo guardammo. Lui aveva la sua donna, era giunto il momento che noi ci prendessimo la nostra.

Io fissai Jill, che sembrava un tantino nel panico e molto, molto nervosa. Attendemmo.

«Be'?» incalzò Porter.

«Merda, ragazzi, mi sono messo in mezzo? Mi dispiace. Però, Jill, dimmi che ho vinto venti dollari,» aggiunse Jed.

Come se gli fosse importato dei venti dollari. Voleva solamente gongolare e rinfacciarlo a Duke.

Io non sentivo la musica o il chiacchiericcio degli altri attorno a noi. Non respirai nemmeno mentre attendevo quell'unica parola che speravo di sentirle dire.

Ovviamente, in quel preciso istante, il suo cellulare squillò.

4

ILL

Merda. Merda! Mi stavano chiedendo, così a bruciapelo, se li volessi entrambi. Jed mi aveva perfino aiutata. Ero stata così nervosa all'idea di dirlo. *Allora, ragazzi, a quanto pare vi voglio entrambi. Non che non siate abbastanza da soli, perchè siete entrambi fantastici, ma diavolo, la mia figa si bagna all'idea di un doppio cazzo.*

L'ego di un uomo sapeva reggere solo fino a un certo punto. Avrebbero pensato che non li ritenessi abbastanza all'altezza perchè avevo bisogno di *due* uomini? Jed praticamente aveva detto che mi avevano rivendicata e loro non erano scappati via. In effetti, mi stavano guardando con espressioni aperte. Trepidanti. Come se avessero sperato che dicessi di sì. Era giunto il momento. Avevo la risposta sulla punta della lingua, quindi ovviamente il mio cellulare squillò.

«Scusate, devo controllare di che si tratta.» Ritrassi la mano dalla presa di Liam. «Una collega è all'ospedale, be', sua figlia deve partorire – il secondo – da un giorno all'altro, ed io mi sono offerta di fare da babysitter al bimbo di due anni così che possano stare tutti con lei. Sto aspettando che mi chiamino.»

Gli uomini mi guardarono senza dire nulla. Attesero pazientemente, come al solito. Jed mi offrì un piccolo cenno di saluto con la mano e tornò al lavoro.

«Pronto?»

«Jillian Murphy?» La voce dell'uomo al telefono era profonda e non la riconobbi.

«Sì,» risposi.

«Sono Bob del negozio di pegni Jumping Jack a Clayton.»

Tutta l'emozione che avevo provato per tutta la giornata per il mio appuntamento con Porter e Liam svanì. La trepidazione di rispondere loro con un sì secco e deciso evaporò del tutto.

Lanciai loro un'occhiata, poi sollevai un dito per indicare che mi sarebbe servito un minuto.

Perchè doveva succedere proprio in quel momento? *Proprio quello*! Avevo una vaga idea di cosa avrebbe detto quel tizio. Sarebbe stato difficile emozionarmi per qualsiasi cosa dopo quella chiamata perchè qualunque accenno a mio fratello, Tommy, in quei giorni, era brutto e prevedeva sempre qualche altro casino che dovevo risolvere. Avevo perso l'appetito per il mio bel cheeseburger unto e le patatine fritte.

«Sì, salve.» Fu scortese e non sembrai molto entusiasta di parlare con Bob, ma non riuscii a trattenermi.

«Immagino che sappia perchè la sto chiamando,» replicò lui.

Io mi appoggiai allo schienale della sedia, chiudendo gli occhi per un istante. «Cos'ha impegnato mio fratello, oggi?»

Trattenni il fiato.

«Una TV e una spilla con gemme a forma di farfalla.»

La spilla di mia mamma.

Strinsi il cellulare con una tale forza che ero certa mi fossero sbiancate le nocche. Immaginai che si trattasse del collo di Tommy.

«Per quanto possa volere l'occasione di riprendersi la TV, ho immaginato di doverla chiamare per la spilla.»

Era già successo in passato. L'anno precedente, Tommy aveva preso il servizio da tè d'argento di mia mamma e l'aveva impegnato. Avevo scoperto che mancava quando mi ero messa a pulire. Avevo affrontato Tommy riguardo a ciò che aveva fatto ed ero corsa al negozio dei pegni nella speranza di recuperarlo. Fortunatamente non c'era stato grande interesse per i servizi da tè ed era ancora in una teca espositiva. Lui era stato gentile e me l'aveva rivenduto alla stessa cifra che aveva dato a Tommy. Ora lo tenevo nascosto nell'armadio delle coperte dietro alle lenzuola. Tanto Tommy non se le cambiava mai, né ci dormiva più.

Per quanto mio fratello, ventunenne, tecnicamente vivesse ancora con me nella casa in cui eravamo cresciuti, lo vedevo raramente. Non aveva mai ambito a frequentare il college. Diamine, aveva a malapena portato a termine il liceo. Non aveva la minima etica lavorativa e faceva un lavoro a salario minimo ormai con una certa irregolarità. La maggior parte del tempo lo trascorreva al casinò vicino all'autostrada. Non avevo idea di dove dormisse la notte.

«Grazie,» dissi al prestatore. Gli ero *davvero* grata.

La mia rabbia scemò in tristezza. Sì, quella spilla aveva un valore per me. A parte la casa e la vecchia auto che guidavo, non c'era molto altro che fosse appartenuto a mia madre e che avesse un valore sentimentale. Avevo dovuto vendere un bel po' di cose per coprire le spese del suo funerale ed io amavo quella spilla.

Mi schiarii la gola, ma non fui ancora in grado di dire nulla.

«La terrò sul retro,» proseguì lui. «Se vuole passare, può riaverla per la cifra che ho pagato a suo fratello. Cinquanta dollari.»

Cinquanta dollari. Tommy era disposto a dare via uno degli ultimi pezzi di nostra madre per la misera somma di cinquanta dollari. Per fare cosa? Giocarseli al casinò. Quei soldi probabilmente erano già spariti in una mano a blackjack o ad un giro di roulette.

«Sì, mi piacerebbe molto che me la tenesse da parte. Posso passare domani.» Non avevo mai dei soldi d'avanzo prima che mi arrivasse lo stipendio, specialmente non per una cosa del genere, ma avrei potuto toglierli al budget per la spesa. Sembrava che avrei mangiato pane e marmellata fino al venerdì successivo.

Lo ringraziai e terminai la chiamata, gettando nuovamente il cellulare in borsa.

Sollevai lo sguardo su Liam e Porter. «Devo andare.»

Liam si accigliò. «Resta. Parlaci. Qualunque cosa stia succedendo con tuo fratello, vogliamo sentirla. Vogliamo aiutarti.»

Dio, era così dolce. *Loro* erano così dolci. Quello, però, era un mio problema, mio fratello. Ci ero già passata. Più e più volte. Non potevo trascinarli in quella storia. Sapevo che non sarei stata di buona compagnia, non dopo quella telefonata. Non era giusto per nessuno dei due rovinare il loro venerdì sera.

Scossi la testa e mi alzai. Loro fecero lo stesso. «Restate voi. Mangiate. Non sono sarei di compagnia, al momento.»

«Hai detto che ha impegnato delle cose, ma che puoi riprenderle?»

Io annuii, consapevole del fatto che avessero sentito solamente metà della conversazione, ma aveva riassunto benissimo la situazione.

«Non stai pensando di andare da sola in un negozio dei pegni, questa sera?» chiese Liam, posandosi le mani sui fianchi. Era giunto dritto dal lavoro e indossava la camicia della sua uniforme. La stella che aveva sul petto catturava le luci del ristorante ricordandomi che era lo Sceriffo Hogan a chiedermelo, non solamente Liam, l'uomo. Entrambi quei lati di lui erano spietatamente protettivi.

«No, certo che no.» L'indomani, ci sarei andata. Si trovava a Clayton, nel Montana, non in qualche qualche quartiere malfamato di una grossa città. Me la sarei cavata.

«Non hai intenzione di metterti a cercare Tommy?» aggiunse lui, chiaramente preoccupato che volessi andarmene da sola in qualche posto losco.

Scossi la testa. Non avevo idea di dove cominicare a fare una cosa del genere. Avrebbe potuto trovarsi ovunque, dal casinò fino ad un bar qualsiasi – a parte il Cassidy – della contea, fino alla casa di qualche farabutto dal quale dormiva in quei giorni. Ero seccata, ma non ero stupida. «Me ne vado a casa.»

«Dolcezza-»

Sapevo che Porter avrebbe cercato di convincermi a non farlo, per cui sollevai una mano, interrompendolo. Dovevo andarmene prima di mettermi a piangere. Non piangevo da anni... avevo prosciugato tutte le mie lacrime quando la Mamma era morta, ma guardando loro, vedendo la preoccupazione sui loro volti, mi si formò un nodo in gola. Me l'ero cavata per così tanto tempo da sola che non ero sicura di essere in grado di gestirli in quel momento. Sarei crollata, lo sapevo. E a quel punto cosa sarebbe successo? Mi avrebbero desiderata ancora meno. Quale uomo voleva una donna bisognosa?

No, me ne sarei andata a casa, sperando che Tommy si trovasse lì, ma dal momento che non lo vedevo da due settimane, ne dubitavo parecchio. Gli avrei telefonato, gli avrei mandato un messaggio, l'avrei costretto a rispondermi. Gli avrei urlato contro. Poi avrei tirato fuori il barattolo di gelato dal frigo e avrei letto un libro cercando di dimenticare.

«Vi prego. Ci... ci rivediamo tutti e tre presto.»

Evitai di guardarli mentre afferravo giacca e borsetta e correvo via, consapevole che Tommy avesse rovinato tutto.

―――

Io: Dio. Come hai potuto? Era la spilla della mamma!

Inviai quel messaggio a Tommy dalla macchina. Quando non ricevetti risposta una volta tornata a casa, mi infilai il pigiama di flanella e dei calzini spessi e gli scrissi di nuovo.

Io: Dove sei? Vieni a casa così possiamo parlare.

Non appena mi sistemai sul divano con la mia confezione di gelato, lui mi rispose.

Tommy: Avevo bisogno di soldi immediati. Ti ripagherò.

. . .

Io ROTEAI gli occhi di fronte al cellulare. Mai, neanche una volta, mi aveva restituito anche solo una parte dei soldi che gli avevo dato, nè mi aveva ripagato per le cose che aveva impegnato o venduto. La sua camera da letto era praticamente spoglia dal momento che aveva venduto tutto... in qualche modo. Il suo stereo non c'era più. Il computer portatile, sparito. Perfino la sua radiosveglia era scomparsa.

Non aveva senso scrivergli ancora. Non sarebbe tornato a casa. Non si sarebbe scusato. Non l'aveva mai fatto perchè non pensava di aver fatto nulla di sbagliato. Non solo si era preso una delle ultime cose di nostra madre dandola in pegno, ma aveva rovinato la mia serata con Porter e Liam. Dio, mi avevano chiesto spudoratamente se li avessi rivendicati, erano stati in attesa della mia risposta. E poi BAM. Rovinato.

Sarei potuta rimanere al ristorante con loro. Avevano voluto che lo facessi. Era stata una mia scelta quella di andarmene. Scoprire ciò che Tommy aveva fatto era stato un altro colpo basso. Lui era mio fratello. La mia famiglia. In famiglia ci si sarebbe dovuti prendere cura gli uni degli altri, fare cose insieme, *stare* insieme. Tommy non la vedeva così. Io ero stata il genitore di riserva da quando la Mamma era morta, ero stata la sua custode legale, ma una volta che aveva compiuto diciotto anni, praticamente se n'era andato.

Avrei potuto capire se se ne fosse andato al college dall'altra parte del paese. Se si fosse arruolato nell'esercito e fosse finito con l'essere stanziato lontano. Era la sua vita e sarebbe dovuto andare a viverla. Tuttavia, ciò che stava facendo lui era diverso e decisamente crudele.

Ad ogni modo, era il mio fratellino ed io volevo disperatamente che le cose tornassero come erano state un tempo. Sapevo che non sarebbe successo, ma ciò non mi impediva di desiderarlo. Ogni volta che faceva una cosa del genere, non faceva che rigirare ancora di più il coltello nella piaga.

Quella sera avrei dovuto finalmente dire a Porter e Liam che volevo stare con entrambi. Convincerli, magari, a fare qualcosa di più che semplicemente baciarmi. Gli avevo creduto quando avevano detto che volevano sapere cosa stesse succedendo con Tommy, ascoltarmi, ed era stupendo, ma non era quello l'obiettivo di quella cena. Io non avevo voluto starmene seduta al Cassidy con loro a mangiare hamburger e a sfogare i miei problemi. Avevano già dei lavori difficili che li portavano ad avere a che fare con gente che aveva commesso dei crimini terribili. Non avevano di certo bisogno di passare il venerdì sera ad ascoltare me che mi lamentavo di come Tommy fosse passato dall'essere un bambino dolce al perdere il controllo. Al diventare un giocatore d'azzardo. Probabilmente anche peggio. Avevo fatto del mio meglio per crescerlo quando la Mamma era morta, ma chiaramente avevo fatto un pessimo lavoro.

Affondai il cucchiaio nel mio gelato, me ne misi un po' in bocca, poi mi sistemai meglio sul divano. Afferrai il mio libro, il romanzo a luci rosse che avevo preso in libreria, e lo aprii alla pagina a cui l'avevo lasciato la sera prima. Dopo aver letto due pagine di sculacciate eccitanti e una scena di sesso in cui una donna veniva felicemente legata al letto e portata al limite dell'orgasmo dall'eroe che le leccava la figa, gemetti e lo lanciai sul tavolino da caffè.

Probabilmente – se la serata fosse andata in maniera diversa – avrei potuto avere la testa di Liam tra le mie cosce in quel momento. O Porter che mi teneva premuta contro la parete della doccia riempiendomi col suo enorme cazzo. Avrei potuto trovarmi a letto... con entrambi, ad ottenere dei veri orgasmi indotti da uomini, invece di leggerne soltanto in un libro. Eppure no, mi trovavo lì a commiserarmi, triste per il fatto che a Tommy non fregasse più un cazzo, che stesse buttando via la sua vita.

Deviai i miei pensieri verso Liam e Porter. Mi avrebbero sculacciata come l'eroina del libro? Era una cosa che gli piaceva fare? Nessuno me l'aveva mai fatto prima, ma leggerne mi aveva eccitata, mi aveva fatta bagnare. Mi trovavo lì, da sola, con indosso il mio pigiama comodo, ma per nulla sexy, arrapata dopo settimane e settimane a desiderare due uomini e a non fare nulla al riguardo. Bagnata tra le cosce dopo aver letto del genere di sesso che avrei voluto fare io. Con loro.

L'unica cosa che potevo fare al riguardo era occuparmi di quella necessità da sola, proprio come facevo con qualunque altra cosa nella mia vita. Ero da sola. Mi facevo un culo così, pagavo le bollette, facevo la spesa, mi prendevo cura dei miei stessi orgasmi.

Allargando per bene i piedi e appoggiandoli sul tavolino, scivolai sul divano e mi infilai una mano dentro ai pantaloni del pigiama. Potevo anche non poter avere Liam e Porter quella sera, ma questo non significava che non potessi fantasticare su di loro, che non potessi urlare i loro nomi mentre mi facevo scivolare le dita tra le mie labbra bagnate, infilandone due dentro la mia apertura vogliosa e sfregandomi il clitoride.

5

ORTER

Tommy Murphy era uno stronzetto. Avrei voluto rintracciarlo e farci una chiacchierata che prevedeva il mio pugno sulla sua faccia. A giudicare da quanto mi aveva detto Liam durante il viaggio verso casa di Jill, però, quel teppista aveva bisogno di più di quello. Gli servivano un naso rotto per via di quello che stava facendo a sua sorella, e del duro lavoro. Un lavoro vero e da spezzarsi la schiena che gli facesse imparare in fretta che non c'era alcun modo per arricchirsi in fretta, nessun onore nè integrità nello sfruttare un membro della famiglia come faceva lui con Jill.

La nostra ragazza si era consumata fino all'osso nel prendersi cura di lui dopo che la loro madre era morta. Aveva lavorato a tempo pieno mentre studiava per laurearsi in infermieristica per supportare entrambi così che lo stato non lo facesse finire in riformatorio. E adesso? Non era più un cazzo di ragazzino. Doveva imparare a gestirsi da solo, a rivedere le proprie priorità, come prendersi lui cura di Jill invece del contrario. Era un uomo e doveva cominciare ad agire come tale – come un uomo che si prendeva cura delle donne nella propria vita, che le rispettava e le onorava.

Occuparci di Tommy, però, avrebbe potuto attendere. Jill no. Poteva anche aver voluto restare da sola, tenerci a distanza, ma non l'avremmo più permesso. Le avevamo concesso abbastanza tempo per venire a patti con l'idea che fossimo i suoi uomini. Era il momento di assumere il controllo. Liam era d'accordo.

Ecco perchè le avevamo concesso un'ora da sola e stavamo risalendo i gradini che portavano sulla sua veranda, pronti a suonare alla sua porta e a dirle come sarebbero andate le cose. Un grido ruppe il gelido silenzio ed io guardai Liam, i sensi all'erta. Era un vecchio quartiere, le case piccole e ben distanti l'una dall'altra.

Quel verso era appartenuto a Jlll ed era nei guai. Feci un passo verso la porta, pronto ad abbatterla se ce ne fosse stato bisogno, ma Liam allungò una mano e mi posò il palmo sul petto per fermarmi.

«Porter, sì!»

Riuscimmo a sentire chiaramente quelle parole sommesse ed io spalancai gli occhi. Porca miseria. Jill non era ferita, si stava masturbando. E stava invocando il mio nome.

Liam sbirciò dalla finestra a destra della porta d'ingresso. Quando inarcò così tanto le sopracciglia da farle sparire al di sotto del cappello da cowboy, io lo raggiunsi. Le tende non erano tirate – avremmo dovuto dirle due parole al riguardo – e riuscivamo a vedere dentro. La nostra ragazza si trovava sul divano al centro della stanza, illuminata dalla luce giallognola della lampada sul tavolino accanto a lei. Aveva i piedi sollevati sul tavolino da caffè che aveva di fronte e non potemmo non notare la mano che aveva infilata nei pantaloni del pigiama. Avrei voluto poter vedere come si stesse lavorando la figa. Si stava scopando quel buco stretto con le dita o se le stava solamente facendo passare sulle labbra bagnate? Aveva il palmo che sfregava contro il clitoride o era la punta delle sue dita a girarvi in circolo sopra?

«Liam, di più. Sì, sculacciami. Più forte,» urlò mentre impennava i fianchi sul divano.

Aveva gli occhi chiusi, la testa premuta contro i cuscini e si stava mordendo un labbro.

Liam se ne stava in piedi accanto a me, altrettanto rapito. «Porca puttana,» sussurrò. Abbassò una mano, sistemandosi l'uccello.

Ce l'avevo duro come una roccia anche io. Non avevo mai visto qualcosa di tanto erotico in vita mia e Jill era completamente vestita. Stava giocando con la propria figa mentre pensava a noi. Pensava a noi che la *sculacciavamo*. Sarebbe finita in cima alla lista delle mie fantasie con cui masturbarmi per un sacco di tempo.

Se ci fossero stati dubbi sul fatto che Jill ci desiderasse entrambi, adesso avevamo la nostra risposta. Aveva segnato il proprio destino infilandosi le dita dentro quella figa e urlando i nostri nomi.

«Non verrà senza di noi,» mormorai. Per quanto non volessi spostarmi da quella vista meravigliosa, l'orgasmo che stava per raggiungere era nostro.

«Cazzo, sì. Se vuole superare il limite, tocca a noi portarcela.»

Andai alla porta e bussai. Lanciando un'occhiata a Liam che stava ancora guardando, lui annuì ed io seppi che Jill aveva smesso di toccarsi.

Non avevo intenzione di spaventarla con qualcuno che bussava a caso alla sua porta quando ormai faceva buio, per cui esclamai, «Jill, siamo Porter e Liam. Aprici la porta, dolcezza.»

Liam mi raggiunse quando si accese la luce in veranda.

«Che ci fate qui?» chiese lei dopo averci fatti entrare e aver chiuso la porta alle nostre spalle.

Per quanto fossimo già stati entrambi a casa sua per qualche appuntamento, non eravamo mai entrati. Il suo ingresso si apriva direttamente sul piccolo soggiorno. Era un luogo caldo e accogliente, ma gli arredi erano datati, probabilmente acquistati tanto tempo prima da sua mamma. Riuscivo a vedere in cucina: era tutto pulitissimo.

Lei ci stava guardando in attesa di una risposta. I pantaloni di flanella del pigiama e il maglione di lana rosa che indossava non erano minimamente sexy, ma sapere cosa aveva fatto con quegli indumenti indosso, il fatto che la sua figa fosse pronta e bagnata al di sotto di quel tessuto morbido, mi fece allungare una mano, prendendo la sua e sollevandola. Lei arrossì e spalancò gli occhi. Doveva essersi ripulita le dita sui pantaloni prima di rispondere alla porta, ma non era riuscita a togliere tutta l'essenza della sua figa che vi luccicava sopra. Mi chinai, me le portai alla bocca e succhiai l'indice e il medio bagnati.

Riuscii a sentire il suo odore muschiato mentre il suo sapore dolce mi esplodeva sulla lingua. Mi schizzò fuori del liquido preseminale dall'uccello. Ero in guai seri, pronto a venire come un adolescente arrapato al solo sentire il suo sapore dolce, e nemmeno dalla fonte.

«Dopo la telefonata che hai ricevuto, volevamo assicurarci che stessi bene,» disse Liam. «Ma adesso, vogliamo assicurarci che tu ottenga quell'orgasmo al quale stavi lavorando.»

Le lasciai andare la mano e sorrisi.

«Non so di cosa.... Cioè-» L'avevamo agitata ed eccitata.

Non c'erano dubbi sul fatto che avesse una vaga idea di che sensazione le avrebbe dato la mia lingua sulla figa, a passarle sul clitoride.

«Dolcezza, ti ho appena leccato via l'essenza della tua figa dalle dita,» dissi.

Liam andò alla sua finestra, tirò la corda e abbassò le veneziane. «Queste tienile chiuse tutta la notte, Jill. Nessuno deve vedertimentre ti tocchi a parte noi.»

Lei lanciò un'occhiata a ciò che stava facendo e capì immediatamente di essere stata beccata. Non volevamo che si sentisse in imbarazzo o che si vergognasse dell'essersi data piacere da sola: ad una donna era concesso godersi il proprio corpo e noi di sicuro avevamo adorato guardarla che lo faceva. Tuttavia, Jill non doveva occuparsi dei propri orgasmi da sola: l'avremmo fatto noi per lei, da quel momento in avanti.

«Ti abbiamo sentito urlare i nostri nomi mentre giocavi con la tua figa. Non hai bisogno di fantasticare, dolcezza. Puoi averci davvero. Ci desideri entrambi?»

Trattenni il fiato, attesi mentre lei ci guardava. Annuì. «Sì,» disse.

Fui scosso da una scarica di eccitazione assieme alla necessità da uomo delle caverne di rivendicarla, di farmi colare quell'essenza della sua figa su tutta la bocca, sulle dita, sul mio cazzo. Volevo esserne marchiato.

«Non si tratta di una storiella, Jillian Murphy,» disse Liam. La sua voce fu morbida, ma il tono profondo. «Non si tratta di te che ti diverti un po' con due cazzi. Noi non siamo un'avventura di una notte per soddisfare una fantasia a tre. Se ti infili tra noi due non torni più indietro.»

Fortunatamente, ebbe la lucidità necessaria a spiegarle come sarebbero state le cose. Io stavo ragionando solamente con l'altro mio cervello. Quello nelle mutande. Liam aveva ragione. Una volta che ci fossimo infilati in quella sua figa, lei sarebbe appartenuta a noi. In realtà, era già così. Ci apparteneva dalla prima volta che eravamo andati a prenderla per i nostri primi appuntamenti. Non provavo una cosa del genere per qualcuno da anni. E adesso, riuscivo a capire che ciò che avevo *pensato* fosse amore vero con Sierra anni prima era stato ben lungi da esso. Jill era Quella Giusta. Però, volevamo essere chiari con lei sin dall'inizio, così che non ci fosse alcuna confusione. Così che sapesse che intendevamo per sempre. Così che una volta che avesse detto di nuovo di sì, sarebbe stata nostra.

Leccandosi le labbra, lei sollevò ancora di più il mento. «Io... capisco. Voglio stare con te, Liam, e anche con te, Porter.» Senza pensarci, si ravviò una ciocca di capelli dietro l'orecchio. «L'ho sempre voluto, ma non sapevo come dirvelo, non sapevo se avreste pensato che c'era qualcosa di sbagliato in me, che fossi-»

Io le posai un dito sulle labbra per zittirla. «Se dici qualsiasi cosa che non sia perfetta, ti piego sulle ginocchia e ti sculaccio.»

Lei spalancò gli occhi e le sue pupille si dilatarono.

Liam ridacchiò. «Alla nostra ragazza piace quell'idea. No, ne hai bisogno, non è vero? Hai bisogno di lasciarti andare e di dimenticare tutto col culo in fiamme?»

Sì, era così. Dovetti chiedermi se avesse già permesso a qualche altro uomo di farlo in passato o se, magari, fosse stata una cosa di cui aveva sentito parlare da Parker. Senza dubbio i suoi uomini le scaldavano il culo piuttosto spesso. Lo stesso valeva per gli altri miei cugini e le loro donne.

Mi chinai e la baciai. Questa volta, non fu casto. Non fu dolce. Lei trasalì per l'audacia della mia bocca ed io le infilai dentro la lingua. Afferrandole la nuca, le strattonai delicatamente i capelli e lei sussultò.

Cazzo. Dovevo fermarmi altrimenti me la sarei presa lì sul pavimento. «Dove hai le chiavi, dolcezza?»

Lei si accigliò, gli occhi annebbiati per via del bacio. «Le chiavi?» Indicò il piccolo mobiletto accanto alla porta d'ingresso e una ciotolina con un paio di occhiali da sole e le sue chiavi.

Liam le recuperò.

«Hai il weekend libero e lo trascorrerai con noi,» le dissi io. «A casa mia.»

Lei abbassò lo sguardo sul proprio corpo. «Non posso uscire in pigiama! Mi servono dei vestiti.»

«Divertente. Non pensi anche tu, Liam?» chiesi.

Lui sogghignò, poi si chinò per baciarla a sua volta. Le posò una mano sulla mandibola per tenerla nella posizione che voleva. Quando sollevò la testa, lei aveva le labbra di un rosa scuro e luccicanti, senza dubbio proprio come quelle che aveva più in basso tra le sue cosce sensuali.

«Se pensi che indosserai dei vestiti quando starai con noi, evidentemente non stiamo facendo le cose nel modo giusto,» disse. «Adesso andiamo a casa di Porter, ti spogliamo e scopriamo ogni singolo, dolce e morbido centimetro del tuo corpo. Dopodichè ti faremo venire. Non una, non due, ma più e più volte fino a quando non ti dimenticherai perfino il tuo nome.»

Io gemetti, pensando a che aspetto sudato e soddisfatto avrebbe avuto nel mio letto. «Poi ti scoperemo,» aggiunsi. «Per tutta la notte.»

«Diamine, per tutto il weekend,» chiarì Liam. Nessuno di noi doveva andare a lavoro fino al lunedì e avevamo intenzione di approfittare di ogni singolo minuto libero.

Lei si leccò di nuovo le labbra e disse, «Oddio.»

Chinandomi, la presi in braccio. Liam aprì la porta ed io la portai dentro al mio SUV, poggiandola sul sedile in mezzo accanto a me. Le avevo appena allacciato la cintura quando Liam salì dall'altro lato. Tenne sollevate le sue chiavi e un libro. «Ho chiuso per bene. E questa è una lettura interessante che ho trovato quando sono andato a spegnere la luce in salotto.»

Sotto la debole luce di cortesia che illuminava l'abitacolo, avrei potuto praticamente scommettere che si trattasse di un romanzo a luci rosse a giudicare dalla coppia a malapena vestita in copertina.

Jill arrossì. Liam le rivolse un sorriso malizioso mentre si toglieva il cappello e se lo posava in grembo.

«Questo è un rapimento, lo sai?» gli disse lei, per quanto riuscissi a sentire il tono divertito della sua voce.

«Solo se tu non vuoi stare con noi. Ultima occasione, dolcezza. Lo vuoi?» Le feci voltare la testa verso di me, sollevandole il mento e baciandola di nuovo.

«Sì, verrò con voi,» disse una volta che mi fui tirato indietro.

«Oh, dolcezza, verrai,» risposi io, inserendo la prima e partendo. «Te lo garantiamo.»

6

ILL

Quando mi ero resa conto che mi avevano vista sul divano a toccarmi e, ancora peggio, mi avevano sentita urlare i loro nomi mentre fantasticavo di stare con loro, avevo desiderato finire tre metri sottoterra. Quando Porter mi aveva succhiato le dita, però – le mie dita *appiccicose* – qualunque pensiero era evaporato. Quello, per la miseria, *quello* era stato erotico. Sexy da morire. Mi aveva mandato completamente in tilt e mi aveva fatto rendere conto che probabilmente loro erano altrettanto spinti e tanto arrapati quanto me.

E adesso mi trovavo in mezzo a loro sul sedile anteriore dell'enorme SUV di Porter. Ero stata a un passo dall'orgasmo quando avevano bussato alla porta. Unito all'eccitazione del farmi leccare le dita e dei baci... Mi agitai. Avevo la figa bagnata. Di sicuro c'era una macchia sulla parte anteriore dei miei pantaloni del pigiama. Avevo i capezzoli duri.

Ero sollevata dal fatto che mi desiderassero. E mi desideravano... un sacco. Liam se l'era palesemente sistemato quando aveva preso posto accanto a me. Tutti i miei timori erano stati infondati, proprio come aveva detto Parker. Eravamo diretti a casa di Porter e loro mi avevano descritto in maniera molto accurata che cosa mi avrebbero fatto.

Orgasmi. Un sacco. Seguiti da una scopata e probabilmente ancora altri orgasmi.

Mi agitai ancora un po' mentre il cancello del garage di Porter si apriva e lui vi entrava, spegnendo il motore.

Il portone automatico si abbassò alle nostre spalle e noi restammo in un piccolo bozzolo caldo con solamente la luce del comando del cancello sopra di noi ad illuminare l'interno.

«Ti stai agitando un sacco. Che cosa c'è, dolcezza? La tua figa è vogliosa di attenzioni?»

Lo era? Eccome.

Avrei voluto negare la verità così che non pensassero che fossi tanto bisognosa. Per impedire loro di pensare che fossi una zoccola. Però io non ero una zoccola. Ero una donna con delle necessità e Porter e Liam avevano chiaramente affermato di volersene prendere cura. E di voler fare ben altro.

Invece, mi arresi a ciò che avevo voluto dire per mesi. «Sì. La mia figa pulsa di desiderio per entrambi i vostri cazzi.» Audace? Diavolo, sì. Ma si erano offerti ed io avevo intenzione di approfittarne.

Liam gemette mentre slacciava la mia cintura e poi la propria. «Tirati giù quei pantaloni.»

«Qui?» chiesi con un piccolo squittio.

«Proprio qui,» aggiunse Porter. Sembrava che non potesse attendere un altro secondo per vedermi e guardarmi venire. «Siamo dei gentiluomini, dolcezza. Ma sappiamo che hai degli sporchi desideri e ci prenderemo cura di ognuno di essi. È nostro compito, adesso.»

Avevo la sensazione che quelle parole si riferissero a qualcosa di più profondo che non solamente ad un orgasmo, ma quello non era il momento di rifletterci. Il fatto che non potessero attendere un solo altro secondo mi eccitò ancora di più. Per cui mi infilai i pollici dentro l'elastico dei pantaloni e me li calai, sollevando i fianchi per farli passare oltre le mie natiche.

Non indossavo le mutandine.

Liam mi afferrò la gamba destra e se la sollevò su una coscia muscolosa, allargandomi. Porter fece lo stesso con la sinistra e mi calarono ulteriormente i pantaloni fino a togliermeli, attenti a non levarmi anche i miei calzini comodi. Con le gambe sollevate e allargate, fui costretta a scivolare un po' più in basso sul sedile così da appoggiarmi allo schienale un po' come avevo fatto sul divano poco prima. Il mio maglione di lana non arrivava a coprirmi oltre il busto. Affatto.

«Cazzo,» mormorò Porter.

Avevano le mani appoggiate delicatamente sul mio interno coscia. La loro ruvidezza, la loro stazza in confronto alla mia pelle chiara, era palese. Erano così mascolini. Virili. Mi sentivo... femminile e stranamente potente, nonostante fossero entrambi venti centimetri più alti e almeno trentacinque chili più pesanti di me.

Liam inalò profondamente. «Cazzo, riesco a sentire il profumo della tua dolce figa.»

Io cercai di chiudere le gambe, ma le loro mani mi tennero aperta. Non ero sicura se fosse una cosa positiva o meno.

«Ha un odore dolce eccome. Aspetta di assaggiarla,» disse Porter a Liam. «Come miele.»

Liam grugnì in risposta.

Io chiusi gli occhi perchè non avevo mai sentito nessuno parlare di me in quel modo. Come se fossi stata l'unica prelibatezza da divorare.

Mi morsi un labbro. Per quanto non fossi stata vergine, la maggior parte del sesso che avevo fatto era stato del genere Perno A in Buco B. Non eravamo stati tanto a guardarci, ma un sacco a scoparci.

Nessuno dei due mi stava toccando in maniera intima, mi stavano solamente guardando. E guardando.

Non avevo visto molte altre donne nude, non più che in palestra e in quel caso ovviamente non era stato da vicino. La mia figa non era una bella fessura netta. Le mie labbra interne erano grandi ed esposte, di un rosa più scuro di quello che veniva sempre descritto nei romanzi d'amore. Avevo sentito termini ridicoli come orecchie di elefante, ma non l'avevo mai considerato altro che un modo di dire buffo.

Adesso, però... con due uomini, loro di sicuro avevano visto un bel po' di fighe da vicino e in maniera *molto* personale. Ero all'altezza? Avrebbero perso interesse?

Mi agitai di nuovo, questa volta nel dubbio.

«Sei bellissima, piccola,» disse Liam. «Guarda quella figa.»

«Ce l'ho grande,» sbottai.

«Grande?» chiese Porter, la sua mano che mi scivolava lungo la coscia sinistra, avvicinandosi sempre di più alla mia figa ogni volta che vi passava accanto, ma senza toccarla.

«Le mie labbra... lì. Sono un po' brutte.»

Liam ridacchiò. «Piccola, non è un bel modo di parlare della mia figa.»

«La *nostra* figa,» chiarì Porter. «E sono d'accordo con Liam. Sei perfetta. Toccati, dolcezza. Facci vedere cosa ti fa stare bene.»

Non erano disturbati, non erano scappati via urlando, per cui forse il mio complesso non era altro che tale, completamente irrazionale. Mi rilassai di nuovo contro il sedile – quando mi ero tesa così tanto? – e mi feci scivolare una mano tra le cosce aperte. Non l'avevo mai fatto di fronte a qualcuno prima d'ora, ma ero talmente eccitata per loro, talmente vogliosa di venire da quando mi ero stuzzicata e loro avevano bussato alla porta, lasciandomi in sospeso.

Il calore si diffuse quando mi accarezzai il clitoride, muovendomi in circolo sulla mia apertura.

«Vedi come quelle labbra della tua figa ti si avvolgono attorno al dito? Ce n'è solo di più da avvolgersi attorno al mio cazzo,» mi disse Liam.

Io piagnucolai mentre mi stuzzzicavo, sfregandomi il clitoride con la punta delle dita in piccoli cerchi, proprio come mi piaceva. Il calore si diffuse dalle mie dita fino al resto della mia figa. Mi stavo bagnando sempre di più. Mi si tesero le gambe, mi si mozzò il respiro. Le mie palpebre si chiusero ed io sentii le loro mani sulle mie cosce, ascoltai le loro promesse oscure e sporche di ciò che mi avrebbero fatto una volta che fossi venuta, e ci fui vicina.

Così vicina.

Le loro mani si mossero ed io sentii delle dita trovare la mia apertura e scivolarvi poi dentro. Spalancai gli occhi e abbassai lo sguardo. Avevo la mia mano sul clitoride e quelle di entrambi gli uomini più in basso. *Entrambi* avevano un dito dentro di me. Mi allargavano, mi riempivano e in qualche modo curvarono sul mio punto G.

«Oddio,» urlai, senza spostare lo sguardo dalla mia figa mentre venivo. Era come se avessero premuto il pulsante dell'orgasmo ed io non avessi potuto fare altro che godermelo.

Non ero mai venuta con così tanta forza in vita mia.

Forse era perchè mi stavano aiutando entrambi a venire. Due uomini. Entrambi dentro di me. Entrambi che venivano strizzati e stritolati dai muscoli pulsanti della mia figa.

«Brava ragazza. Sei così bella nel tuo piacere.»

«Cazzo. Verrò solamente dalla sensazione di lei che mi strizza le dita.»

«Mi ha appena gocciolato su tutta la mano.»

«Eccitata e bagnata. Non vedo l'ora di infilare il cazzo in tutto quel bel calore stretto.»

Continuarono a parlare sporco mentre io tornavo lentamente in me, di nuovo nel SUV di Porter dentro al suo garage.

Ancora non eravamo arrivati ad un letto. Loro erano *ancora* vestiti. Io *ancora* non avevo visto, sentito, nè ero stata scopata dai loro enormi cazzi.

Liam estrasse il dito da dentro di me, se lo portò alla bocca e toccò a lui assaggiarmi.

«Cazzo, Porter ha ragione. Come miele.»

«Di più,» annaspai io. «Dio, mi serve di più.»

Mi serviva. Tantissimo.

Per quanto fosse stato incredibile, non era bastato minimamente. Avevo bisogno di essere scopata. A fondo e con forza. Lentamente e con dolcezza. Sulla schiena, a cavalcioni. Da dietro. Mi serviva tutto.

7

IAM

Non mi ero mai venuto nelle mutande prima di allora. Non ero mai stato abbastanza eccitato, nemmeno da adolescente, da venire troppo presto. Adesso, però, con Jill? Dovevo avere un'enorme macchia bagnata sulla parte anteriore dei jeans per via di tutto il liquido preseminale che mi stava praticamente gocciolando fuori dal cazzo.

Due mesi uscendo insieme erano stati dei preliminari. Oh, mi ero fatto quotidianamente una sega – a volte anche due – per alleviare il dolore ai testicoli al solo pensiero di Jill. Ricordando la sensazione delle sue labbra quando l'avevo baciata, il suo dolce profumo, il suono della sua risata, i rigonfiamenti floridi dei suoi seni al di sotto della maglietta, il fottuto ondeggiare dei suoi fianchi ampi.

Sentire quanto fosse stretta la sua figa, quanto fosse bagnata per noi, era troppo. E quando eravamo riusciti a vederla venire, a sentire i suoi muscoli stringersi attorno al mio dito, ero arrivato al limite.

Ed era successo con anche il dito di Porter affondato dentro di lei. Era la prima scopata in coppia che avessi mai fatto. Il dito di un altro uomo stava toccando il mio dentro la figa di una donna. Avrebbe dovuto infastidirmi, invece no. Affatto. Non perchè Porter mi eccitasse, assolutamente, ma perchè noi due stavamo portando lei all'orgasmo insieme. Eravamo una squadra e la nostra missione adesso era mantenere Jill felice, soddisfatta, sazia e il più apprezzata possibile.

Se lei ci voleva entrambi, noi non avevamo intenzione di trattenerci. Il treno del celibato ormai era passato.

«So camminare, sai,» disse Jill mentre seguivo Porter attraverso la sua casa fino alla camera da letto.

L'avevo presa in braccio nel SUV e me l'ero gettata in spalla, culo nudo per aria. Le tenevo le cosce strette così che non sarebbe caduta. Con la mano libera, le diedi una leggera sculacciata.

Lei ridacchiò, il che mi fece ridere e dovetti ammettere di sentirmi ridicolmente come un uomo di Neanderthal. Era ciò che si avvicinava di più al prenderla per i capelli e trascinarmela nella mia caverna. Era passato un sacco di tempo dall'ultima volta che mi ero sentito a quel modo. Mi ero sentito euforico come un ragazzino delle medie quando Jill aveva detto di voler uscire con me. Quando avevo finalmente accettato l'idea di rivendicarla assieme a Porter, ero diventato speranzoso. Ero stato paziente, restando in attesa e lasciandola elaborare il tutto nella sua testa. Tuttavia avevo sempre avuto il dubbio assillante che avrebbe scelto di stare con Porter, e solo con lui.

Era stato un anno difficile con la morte di mio padre. Mio fratello, Carson, gestiva il ranch e ci vivevo anch'io.

Quando avevo fatto il poliziotto, non era stato troppo difficile gestire sia i terreni che la legge, ma essendo stato eletto sceriffo, Carson sapeva che ero concentrato su altro. Mio padre aveva ricoperto quel ruolo per più di un decennio ed io dovevo seguire le sue grandi orme. Nonostante non fosse più con noi a vedermi eletto sceriffo, volevo renderlo orgoglioso. Tuttavia, la mia attenzione era stata deviata ulteriormente la prima volta che avevo visto Jill.

E adesso, mi sentivo come se avessi tutto. Lei ci voleva entrambi. In quell'istante, non ne dubitavo. Diamine, avevamo avuto entrambe le nostre dita dentro la sua figa a farla venire. Non ce l'avrebbe permesso se non le fossimo interessati entrambi. L'aveva detto lei stessa. Le credevo. Tuttavia, una scopata a due dita e adesso il gettarmela a culo nudo in spalla?

Oh sì, Jillian Murphy era mia.

Anche di Porter, ma il mio cazzo stava urlando *mia*!

Porter premette l'interruttore della luce, accendendo due lampade ai lati del suo enorme letto. L'illuminazione era debole, ma non era troppo buio. Io volevo osservare ogni singolo centimetro del fantastico corpo di Jill. Lui si voltò e il suo sguardo si accese, osservando il suo culo per aria. Senza dubbio riusciva a vederle la figa, nonostante avesse le cosce strette.

E ciò che aveva detto nel SUV? Oh, avrebbe più che soddisfatto quella figa prima che la notte terminasse. Non aveva una figa piccola da porno star, tutta rosa chiaro e nascosta dietro una fessura sottile, e allora? Ogni donna era diversa e quella di Jill era unica come lei. Il colore più scuro, le labbra piene, perfino il modo in cui il suo clitoride era sempre esposto. Non sapeva che così era meglio? Avrei potuto mettermi in ginocchio e leccarglielo senza andarne a caccia. E quelle labbra piene? Cazzo, sì, si sarebbero avvolte attorno al mio cazzo. E c'era più carne da leccare, più figa da ricoprire di tutto quel suo miele dolce e appiccicoso.

Merda, mi schizzò fuori dell'altro liquido preseminale. Posandola a terra, la tenni per un braccio fino a quando non ebbe ritrovato l'equilibrio, poi mi slacciai i jeans e ne calai la zip.

Sospirai, il mio cazzo grato di avere finalmente un po' di spazio.

Lei rimase in piedi davanti a me, a guardare. Inarcai un spracciglio e le insinuai un dito sotto l'orlo della maglia morbida. «Via.»

Porter le andò alle spalle e mentre lei si sollevava il maglione sopra la testa, lui la aiutò a sfilarselo dalle braccia per poi lasciarlo cadere a terra.

Niente reggiseno, cazzo.

Dovetti chiudere gli occhi per un istante alla sua vista. Non sarei durato. Pura perfezione. Era così piccola in confronto a noi. Delicata, perfino. I suoi seni erano pieni, non da riempire le mani, ma di una bella forma a goccia abbondante. Aveva i capezzoli grandi e duri essendo esposti all'aria fredda. E più in basso, tra le cosce, la sua figa stupenda. Non era del tutto nuda come la tenevano alcune donne in quel periodo, ma depilata in maniera da far restare solamente una piccola zazzera scura, corta, appena sopra quelle labbra inferiori belle gonfie. Aveva un aspetto così fottutamente naturale, così vero.

«L'avete mai fatto prima?» chiese lei, lanciando un'occhiata ad entrambi.

Porter piegò la testa. «Intendi una cosa a tre?»

Lei annuì. Io non riuscivo a sostenere una conversazione con la donna dei miei sogni in piedi di fronte a me. Nuda. Per cui allungai una mano e le presi un seno. Ne testai il peso, la morbidezza, il capezzolo duro.

Lei emise un sospiro spezzato e Porter copiò le mie azioni con la propria mano.

Lei abbassò lo sguardo per seguire i nostri movimenti. La differenza tra la nostra pelle era stata impressionante quando le avevamo posato le mani tra le cosce aperte sul SUV, ma adesso che riuscivamo a vedere ogni singolo centimentro di lei, completamente nuda mentre noi eravamo ancora del tutto vestiti... cazzo.

«No,» disse lui. «Tu?»

Lei emise una piccola risata, ma si tramutò in un gemito quando io le strattonai il capezzolo. Quelle punte rosee erano notevolmente sensibili. «Dio, no. Voglio toccarvi,» praticamente piagnucolò, ma chiuse gli occhi e inarcò la schiena così che i suoi seni ci riempissero ancora di più le mani.

Io lasciai ricadere la mia e mi spogliai. Quando quasi caddi a terra nel tentativo di togliermi uno stivale, la sua risata riempì la stanza. Andai a sedermi sul poggiapiedi abbinato ad una comoda e grande poltrona per liberarmene. «Le ragazze insolenti si beccano una sculacciata,» la avvertii, sollevando lo sguardo su di lei.

Lei si morse un labbro, sfregando assieme le cosce.

Porter le diede una pacca sul sedere. Per quanto ne sentimmo lo schiocco risuonare nella stanza, non fu poi così forte. Lei trasalì e si agitò ulteriormente. «Non sono insolente, sono... sono-»

«Sexy,» concluse Porter.

«Arrapata,» controbatté lei.

Toccò a noi ridere. Non potevamo discutere al riguardo.

Una volta che fui completamente nudo, posai le mani dietro di me sul bordo del poggiapiedi, chinandomi all'indietro. Con le gambe tese in avanti, il mio uccello svettava oscenamente per aria. Non potei non notare come lei spalancò gli occhi mentre mi guardava. Sapevo che non poteva non scorgere il liquido preseminale che scivolava giù dalla punta lungo tutta l'erezione.

«Tocca pure, piccola. Sono tutto tuo.»

Lei mi si avvicinò, mettendosi in piedi tra le mie ginocchia aperte. La differenza di altezza tra noi due era risolta dal fatto che fossi seduto. In effetti, così lei era un tantino più alta, ma non mi importava. I suoi seni erano giusto all'altezza della mia bocca, per cui mi sporsi in avanti e ne presi uno tra le labbra, succhiando.

Lei mi portò le dita tra i capelli, intrecciandovele.

La morbida sensazione setosa della sua pelle contro la mia lingua fu paradisiaca. Il capezzolo duro mi premeva contro il palato. Tutto il suo corpo si agitò mentre io succhiavo e strattonavo, leccavo e mordevo perfino.

«Liam,» esalò lei. «Ti voglio dentro di me. Adesso.»

«Questo zuccherino pensa di avere il controllo,» disse Porter alle sue spalle.

Io sollevai la testa e gli lanciai un'occhiata. Si era tolto tutto a parte i jeans, che erano aperti con la zip abbassata. La punta del suo uccello spuntava tra i due lembi della patta.

«Sono pronta,» aggiunse lei, passandomi le dita tra i capelli e lungo la mandibola. Una carezza delicata, ma percepii la voglia nei suoi movimenti.

«Non ti abbiamo nemmeno scaldata un po',» dissi io. «Abbiamo i cazzi grossi, piccola, e non vogliamo farti del male. Solo perchè la tua figa è vogliosa non vuol dire che sia pronta.»

«Mi sono scaldata io,» controbattè lei, avvicinandosi, ma spostandosi in modo da salirmi a cavalcioni su una delle mie gambe piegate. Si sedette sulla mia coscia dura, cominciando a sfregarmi il clitoride addosso. La sua essenza mi ricoprì la pelle e lei si mosse facilmente.

Cazzo, era eccitante. I suoi seni ondeggiavano mentre si sfregava sulla mia gamba.

Io la feci alzare di nuovo. «Controllala, Porter.»

Non ero abituato a dire ad un altro uomo cosa fare mentre ero nudo, ma Porter non si lamentò, si limitò a prenderle la figa da dietro. Io lo guardai mentre un suo dito le scivolava dentro, scomparendo a fondo. Lei si sollevò in punta di piedi mentre mi posava le mani sulle spalle per mantenere l'equilibrio.

La stanza si riempì di rumori bagnati mentre lui la toccava. Tuttavia, non le stava sfiorando il clitoride. Non ero certo che sapesse raggiungere l'orgasmo senza farselo toccare, ma senza dubbio era eccitante da morire guardarla cavalcare le dita del mio amico.

Lui le ritrasse. «Zuppa.»

«Ti prego,» supplicò Jill.

Porter mi porse un preservativo. Non gli avevo prestato attenzione mentre mi ero riempito la bocca di quel seno morbido, ma doveva averli presi in un cassetto. Da qualche parte. Diamine, che importava fintanto che fossi stato in grado di proteggere Jill e di infilarmi dentro di lei?

Aprii il pacchetto, ma lei mi fermò, salendomi in grembo così da mettersi a cavalcioni sulle mie gambe.

«Whoa, piccola.»

Per quanto stessi a malapena riflettendo, il mio cazzo che si avvicinava troppo alla sua figa per riuscirci, avevo abbastanza neuroni per rallentare la sua foga.

«Devo proteggerti.»

Lei scosse la testa, roteando i fianchi così che la sua figa mi sfiorasse l'erezione, i suoi seni che mi sfregavano contro il petto mentre allacciava le mani dietro al mio collo. «Senza. Prendimi senza. Ho la spirale.»

Io gemetti, stringendo i denti. Non l'avevo mai fatto senza preservativo prima di allora. Mai. Qualche donna aveva detto qualcosa di simile in passato, di essere pulita e di aver preso un qualche genere di contraccettivo. Per quanto vi avessi creduto, non avevo mai rischiato nel caso in cui non avessero detto la verità e avessero cercato di incastrarmi. Io volevo dei figli, ma non in quel modo. Non con l'inganno. E qualunque donna disposta a farlo non era degna di essere madre, per me.

Sapevo che Jill non era così, non avrebbe mentito. Mi fidavo delle sue parole. Tuttavia...

Per quanto volessi disperatamente scoparmi Jill senza preservativo, era una cosa grossa, cazzo. Letteralmente. Io ero pulito, non c'erano dubbi al riguardo. Però c'era decisamente la possibilità che avremmo fatto un figlio se lei non avesse usato un contraccettivo. Non che non volessi avere figli con lei, diamine, pensare al suo ventre gonfio del nostro bambino mi fece praticamente perdere ogni ultimo briciolo di autocontrollo.

Tuttavia, non ne avevamo parlato e col mio cazzo a pochi centimetri dal paradiso non era il momento di farlo. Avremmo dovuto discuterne prima quando eravamo vestiti. Ma tanti cari saluti.

Porter andò a piazzarsi di fianco al poggiapiedi così da poterla guardare in volto.

«Abbiamo già detto prima che non si torna indietro. Ma questo, dolcezza? Niente preservativo vuol dire per sempre.»

«Con entrambi,» aggiunsi io, assicurandomi che comprendesse. Era nuda in braccio a *me*, per cui probabilmente lo capiva. «Io sono pulito. Ho fatto il test come parte degli esami per il lavoro.»

«Anch'io. Testato durante l'estate e da allora non sono stato con nessuno,» aggiunse Porter. Io non avevo seguito la vita sessuale di Porter prima che avessimo posato lo sguardo su Jill, ma sapevo che non c'era altra donna che il suo cazzo desiderasse.

Lei guardò Porter, poi me, non disse nulla, ma si mosse su di me così da far scivolare la punta del mio cazzo tra le sue labbra bagnate per sistemarsela contro l'apertura.

«Capisco. Io vengo testata in ospedale due volte all'anno ed è passato *davvero* tanto tempo dall'ultima volta che ho fatto sesso. Ho la spirale già da un po'.»

Io non volevo nemmeno pensare a lei con qualcun altro, ma lei non ci aveva chiesto del nostro passato ed io avrei rispettato il suo. Adesso era con noi ed era tutto ciò che aveva importanza.

«Non voglio nulla tra di noi. Mai più,» esalò lei. Chinandosi, mi baciò il petto.

Prima che potesse calarsi giù, io le afferrai i fianchi, tenendola sollevata.

«Cosa-»

Era così piccola che fu facile farla voltare così che mi fosse ancora in braccio, ma dandomi la schiena.

«Liam!» Mi poggiò le mani sulle ginocchia per tenersi.

«Ti scoperò, non preoccuparti al riguardo. Però adesso stai per scoparti due uomini e devi lasciarti guardare da Porter mentre ti prendi il mio cazzo. Mentre le tue bellissime tette sobbalzano e tu mi cavalchi come una fottuta cowgirl.»

Porter si spostò e si sedette sul bordo del letto rivolto verso di noi. Era troppo distante per arrivare a toccarla, ma aveva una visuale perfetta.

In quella posizione, appollaiata sulle mie cosce, i suoi piedi non toccavano terra. Quando la afferrai per i fianchi e la sollevai per poi farla ricadere sul mio cazzo, non ebbe alcun controllo. Era tutta mia.

Agitò i fianchi quando i primi centimetri le scivolarono dentro. Cazzo, era stretta. Bagnata. Così calda. Le sfuggì un gemito ed io sentii i suoi muscoli fremere, adattandosi alla sensazione di venire allargata. Non ce l'avevo piccolo. Diamine, era difficile trovare dei pantaloni che nascondessero le mie dimensioni, perfino quando non ce l'avevo duro.

Non avevo dubbi sul fatto che la sua figa mi avrebbe accolto, ma era importante che mi prendessi del tempo per farla aprire, per adattarla al mio cazzo.

Ci volle un minuto in cui la sollevai e la abbassai, mentre lei agitava i fianchi, fino a quando non si trovò di nuovo direttamente sulle mie cosce, questa volta impalata sul mio uccello.

«Cazzo, sei così perfetta.»

La necessità di venire mi montò alla base della spina dorsale. Non ero mai stato circondato da tale perfezione. Come un guanto cucito su misura per me. Strinsi i denti mentre cercavo di mantenere il controllo. La sola idea di trovarmi senza preservativo a fondo dentro di lei era così fottutamente erotica. E le sensazioni, porca puttana, erano intense. Incredibili.

«Pronta per la tua cavalcata?» le chiesi, il sudore che mi imperlava il labbro superiore.

Non riuscivo a vederla in volto, ma lei stava ondeggiando i fianchi, cercando di sollevarsi. La aiutai, ma sollevandola così da tenere la punta ancora appena dentro per poi lasciare che la forza di gravità la facesse abbassare nuovamente. Con forza. A fondo.

Lei gridò.

Lanciai un'occhiata a Porter, che si era tirato fuori il cazzo dai pantaloni e se lo stava toccando. Non si stava perdendo nemmeno un secondo della scopata. Il modo in cui la sua figa mi prendeva tutto, il modo in cui le sue tette sobbalzavano ogni volta che mi ricadeva in grembo. I rumori bagnati e spinti della nostra scopata, di carne contro carne. O l'odore, quell'aroma muschiato di sesso.

Avrebbe dovuto sembrarmi strano farmi guardare da lui, ma era troppo bello. Jill era troppo bella. Mi sentivo orgoglioso nel sapere che lui riusciva a vederla a quel modo, mentre otteneva ciò di cui aveva bisogno. Era esilarante che qualcun altro stesse vedendo e potesse apprezzare quanto fosse magnifica la nostra ragazza.

Per un attimo pensai che si sarebbe potuto mettere davanti a lei e farselo succhiare, ma lei sobbalzava troppo e avevo la sensazione che lui si stesse godendo lo spettacolo. Sarebbe toccato anche a lui, e dal momento che io ero tanto vicino al limite, sarebbe successo presto. Tuttavia, dovevo prima far venire lei. La donna veniva *sempre* per prima.

«Liam!» ansimò lei quando cominciai a scoparla più forte. Con le gambe larghe, non aveva nulla a sfregarle il clitoride ed io sapevo che ci era vicina, ma stava facendo fatica ad arrivarci.

Volevo che venisse assieme a me. Di certo non sarei andato avanti senza di lei.

Fu facile continuare a sollevarla e abbassarla con una mano mentre con l'altra la circondavo e le pizzicavo il clitoride. Venne come un fuoco d'artificio in un'esplosione silenziosa.

Un fiotto di eccitazione le colò fuori dalla figa, ricoprendomi il cazzo e le palle. Le sue cosce si strinsero, la sua schiena si inarcò e i suoi muscoli interni cominciarono a stringermi l'uccello.

Non potevo sopravvivervi. Era impossibile e non volevo nemmeno provarci. Sentii i miei testicoli stringersi, il mio cazzo gonfiarsi e schizzarle il seme a fondo dentro di lei. La riempii, e il sapere che non ci fosse alcuna barriera a raccoglierlo, che l'avessi ricoperta e marchiata a fondo, non fece che farmi venire con più forza.

Lei si appoggiò all'indietro contro di me, esausta, la testa contro la mia spalla, il respiro che mi colpiva il collo sudato. Riuscivo a vedere lungo il suo corpo, vedere il modo in cui i capezzoli le si ammorbidirono in due punte gonfie ora che era venuta. Più in basso, fino ai riccioli depilati e ancora oltre al modo in cui le labbra della sua figa erano dischiuse attorno alla base del mio uccello.

Il mio seme le colava fuori e la mia erezione non sarebbe di certo sparita. Avrei potuto prendermela di nuovo, specialmente sapendo che non dovevo tirarmi fuori per togliermi un preservativo. Tutto ciò che avrei dovuto fare sarebbe stato ricominciare di nuovo, darle altro seme. I miei testicoli non erano minimamente vuoti.

Tuttavia, toccava a Porter ed era giunto il momento di condividere. Non ero minimamente geloso perchè di sicuro mi sarei messo a guardare. Jill voleva di più? L'avrebbe ottenuto.

Per tutta la cazzo di notte.

8

ILL

Porca miseria. Non ero mai venuta così. Mai. Faceva sembrare l'orgasmo nel SUV di Porter una nullità, il che la diceva lunga. Liam ce l'aveva enorme. Dio, così grande che mi sentivo piena fino al limite ed ero sconvolta dall'essere stata in grado di prendermelo tutto. La sensazione del suo cazzo senza preservativo aveva reso la cosa ancora migliore. La frizione, la scorrevolezza, la sensazione del suo seme quando mi era schizzato dentro, caldo e spesso.

Non era stato solamente Liam. Era stato il vedere Porter di fronte a me. Che mi guardava. Sapere che se lo stava toccando guardandomi a farmi scopare dal suo amico. Porter si era accarezzato l'uccello mentre Liam mi sollevava su e giù. Prendendomi, con forza e a fondo. *Così a fondo.*

E guardare Porter mentre venivo grazie al cazzo di Liam, alle sue dita sul mio clitoride... meraviglioso.

La mano di Liam mi strinse in vita, mi prese un seno mentre lui mi sfregava il naso contro il collo. «Va' ad occuparti di Porter, piccola. Ha bisogno di te. Guardagli il cazzo, tutto duro e pronto per te.»

Con sguardo annebbiato dall'orgasmo, vidi che il suo cazzo era quasi violaceo, la punta scura mentre del liquido preseminale ne colava fuori. Per quanto Porter se lo stesse ancora accarezzando distrattamente, era chiaro che gli servisse di più. Aveva bisogno di entrare nella mia figa.

Mi sporsi in avanti e Liam allungò le gambe così che i miei piedi riuscissero a toccare terra. Mi alzai lentamente, Liam che mi scivolava fuori nel mentre. Mi diede una pacca sul culo mentre io mi avviavo verso Porter.

Con audacia, mi porsi in avanti e gli leccai via il liquido preseminale.

«Cazzo!» esclamò Porter mentre Liam ringhiava. Sapevo che era riuscito a vedermi la figa, probabilmente tutta rossa, gonfia e ricoperta dal suo seme, quando mi ero chinata.

Il sapore di Porter mi esplose sulla lingua. Salato e pungente. Ne volevo ancora, ma prima che potessi leccarlo come una caramella, lui mi afferrò per i fianchi, mi tirò su e mi gettò sul letto. Dopo che ebbi rimbalzato un paio di volte, lui mi prese una caviglia e mi fece rotolare a pancia in giù.

Non potei fare a meno di ridere per quanto gli fosse facile muovermi. Mi sollevai sui gomiti, lanciandogli un'occhiata da sopra la spalla. Le sue mani calarono sulle mie natiche in una leggera sculacciata.

«Dolcezza, ti piace stuzzicarci.»

Io sogghignai, perchè lui sorrise nel dirlo. «Scoparti il cazzo di Liam e venire mentre io ti guardo. E poi, cazzo, poi posarmi quella dolce bocca sull'uccello. Sono già a un passo dall'orgasmo.»

Io abbassai lo sguardo sulla sua erezione, che era così

grande e così spessa che ormai mettevo in dubbio come avrei fatto a succhiarglielo. Avrei dovuto allargare la bocca all'inverosimile già solo per infilarci la punta. Non sarei mai riuscita a prenderlo tutto. Al di sotto di quella gloriosa erezione c'erano le sue palle, che penzolavano cariche e pesanti, rendendolo ancora più possente e più virile che mai ai miei occhi.

«Ti piace guardarmi che mi scopo Liam,» dissi.

«Diavolo, sì.» Mi sculacciò di nuovo, poi mi prese le natiche. Il bruciore si dissolse in un calore che mi si diffuse fino alla figa. «E adesso, con le gambe larghe così, riesco a vedere che è stato lì dentro, il suo seme ti cola fuori.»

Io rotolai nuovamente sulla schiena, posai i piedi sul letto e piegai le ginocchia. «Marchiami anche tu.»

Un ringhio gli riverberò nel petto mentre il calore nei suoi occhi si fece quasi predatorio.

Salì in ginocchio sul letto, mi afferrò le caviglie con una mano e se le sollevò sulle spalle. Avevo il sedere staccato dal letto tanto era alto.

«Così. Ti prenderò così.»

Non avevo intenzione di discutere. Ero pronta per lui e quando lui si chinò in avanti, afferrandosi il cazzo con la mano libera, facendomene scorrere la punta su e giù per le mie labbra, bagnandola, per poi posizionarsi, i suoi occhi scuri incrociarono i miei mentre spingeva in avanti.

«Il seme di Liam mi sta facilitando l'ingresso,» disse a denti stretti. Ci stava andando piano perchè... Dio, era grosso. Alla fine, giunse fino in fondo e si fermò. Non si mosse.

«Non sapevo potesse essere così bello. Sei perfetta, dolcezza. Sei fatta per il mio cazzo. Per quello di Liam. Farò in fretta.» Strinse la mascella quando si ritrasse, spingendosi poi a fondo. «Guardarti con lui è stato troppo. Dopo due mesi, ti sono dentro. Così eccitante. Così stretta. Bagnata. Merda, sto per venire.»

Mi scopò, forte, a fondo. Io mi aggrappai alle lenzuola, non che sarei andata da nessuna parte visto che mi teneva le caviglie. Tutto ciò che potevo fare era sentire, arrendermi a quelle spinte. Fu crudo, bagnato, il rumore della scopata e i nostri respiri mozzati che riempivano la stanza.

Guardai Porter mentre mi prendeva, mentre trovava il proprio piacere nel mio corpo. Lui mi toccò il clitoride con la mano libera, accarezzandolo delicatamente, e fu tutto ciò che servì per spingermi oltre il limite. Di nuovo.

Urlai, inarcai la schiena mentre Porter veniva assieme a me, affondato dentro di me. Riuscii a sentire il suo seme riempirmi, scaldarmi, colare fuori. Ce n'era così tanto... troppo, che me lo sentii scorrere lungo le natiche.

Lui mi abbassò le gambe, si sporse in avanti così da appoggiare le mani ai lati della mia testa e mi baciò. Lentamente, dolcemente, la sua lingua si intrecciava alla mia. Era ancora a fondo dentro di me, ancora duro...

Quando sollevò la testa, mi guardò e sorrise. «Ecco la mia ragazza. Ho sognato quell'espressione sul tuo volto. Ben scopata, felice. Mia.»

«Nostra,» disse Liam, avvicinandosi a noi con un panno bagnato in mano. Doveva essere andato in bagno a prenderlo per ripulirmi.

«Non ne ha ancora bisogno. Non ho ancora finito.»

Poteva anche essere appena venuto, ma si ritrasse e spinse a fondo. Ancora duro e pronto per altro.

«Giusto, dolcezza? Perchè ripulirti tutta quando sto per sporcarti di nuovo?»

Io chiusi gli occhi mentre lui si calava sugli avambracci, i movimenti lenti e profondi, il mio clitoride che gli sfregava contro. Non sarebbe stata una cosa veloce o urgente, bensì tranquilla. Delicata. Profonda.

«Porter, sì.» Mentre gli avvolgevo le gambe attorno alle cosce, attirandolo il più vicino possibile, lui scivolò su un punto a fondo dentro di me che mi infiammò. Mi eccitò. Mi fece urlare.

«Sì!»

Perchè avrei dovuto volermi ripulire quando adoravo essere tanto, tanto sporca?

ILL

I LUNEDÌ di solito erano giorni affollati nella sala risveglio. Gli interventi programmati cominciavano all'alba, per cui i letti erano già pieni prima delle nove. Mi manteneva in piedi il controllare i pazienti, monitorare il loro dolore, i segni vitali fino a quando non fossero stati stabili e trasferiti in una camera in uno dei piani per la piena ripresa. Mi teneva impegnata la mente, ma i miei pensieri vagavano dalla pressione sanguigna e gli aggiornamenti delle cartelle a Porter e Liam.

Non ero granchè tipo da palestra e ginnastica, ma l'avrei dovuto prendere in considerazione se avessi voluto tenere il passo con i miei uomini. *I miei uomini*! Erano stati insaziabili per tutto il weekend. Anche io, ed ero indolenzita per questo. C'erano muscoli che nemmeno avevo saputo esistessero che urlavano, quel giorno, ricordandomi ciò che avevamo fatto.

Tuttavia, non mi lamentavo. Non potevo fare a meno di sorridere. Avevo perso il conto di quanti orgasmi avessi avuto. I miei colleghi mi rivolsero occhiate stranite – nessuno era felice quanto me di lunedì mattina – ma non mi fecero domande. Avevo già subìto il terzo grado da parte di Parker sabato, nonostante solamente tramite sms dal momento che avevo voluto aggiornarla dopo la nostra telefonata in macchina il venerdì sera, ma non aveva saputo più di tanto dal momento che non ero stata pronta a condividere. Non lo ero ancora, ero semplicemente felice di… godermi la sensazione di essere desiderata. No, di più. I miei due uomini avevano *bisogno* di me.

Ne avevano avuto bisogno a letto, nella doccia, o sul bancone della cucina. La lista dei posti in cui avevamo fatto sesso era stata lunga.

Trascorrere il weekend con Porter e Liam era stato tutto ciò che avevo sperato. Sesso, chiacchiere, altro sesso, cucinare e il semplice stare insieme. Oh, e altro sesso. Erano venuti con me il sabato al negozio dei pegni per ricomprare la spilla di mia mamma, insistendo nel non volermi mandare da sola, ma altrimenti eravamo rimasti dentro casa di Porter. Nudi.

Io ero tornata a casa mia solamente per qualche minuto quella mattina per farmi una doccia e fare una colazione veloce prima di andare in ospedale per il mio turno. Non era nemmeno ora di pranzo e già mi mancavano Porter e Liam. Era del tutto folle e un tantino pericoloso. Non mi ero resa conto di quanto mi fossi sentita sola fino a quel momento. Il mio solito venerdì sera con un libro o un melenso film cxormai sembrava monotono. Non volevo che fosse un uomo – più uomini – a rendere la mia vita eccitante. Non volevo pensare di non essere... completa senza di loro. Una volta che fosse successo, sarei dipesa da loro. Non appena ciò fosse accaduto, sarei stata aperta alla possibilità di farmi spezzare il cuore. Tuttavia, non potevo resistere a Liam e Porter e di sicuro avevo gettato al vento quei timori quando ero stata a letto con loro.

Non avevo fatto altro a parte divertirmi e godermi l'esperienza tutto il tempo.

Quando uscii dall'ascensore dopo aver spinto un paziente in carrozzina fino ad una stanza al secondo piano, rimasi sorpresa nel vedere Liam. Il mio cuore perse un battito, facendomi pensare che avrei dovuto attaccarmi ad un monitor cardiaco.

Si trovava al banco delle infermiere a chiacchierare con un paio di persone ed io mi fermai a concedermi un istante per ammirarlo. Indossava la sua solita uniforme da lavoro con stivali, jeans e la camicia da sceriffo che spuntava da sotto la giacca. Dire che la riempisse alla grande sarebbe stato un eufemismo. Le spalle ampie erano ben definite, anche sotto quella luce fluorescente. La cintura con i vari attrezzi che teneva in vita aveva delle manette, un walkie talkie e, al fianco, una pistola. Le armi non mi facevano impazzire, ma sapevo che Liam ne aveva una grossa e che sapeva come usarla.

Dio, ero un tale cliché, eppure lui corrispondeva all'eroe sceriffo sexy di qualunque romanzo avessi mai letto e il cappello posato sul bancone accanto a lui non faceva che completare il suo look da cowboy. Sapevo che sensazione mi desse quella bocca sulla mia pelle, il tocco delicato di quelle grosse mani mentre mi portavano all'orgasmo, la sensazione di quel culo sodo sotto i palmi. Mi faceva sentire euforica. Emozionata. Vogliosa. Eccitata. I capezzoli mi si indurirono al di sotto del camice da infermiera e fui grata alla maglia a maniche lunghe e al reggiseno imbottito che nascondevano quella palese attrazione. Tuttavia, ci trovavamo in un ospedale e non in un luogo in cui potessi agire assecondando i miei desideri.

L'avevo già visto nell'edificio: il lavoro lo portava spesso a far visita ai pazienti o a parlare con lo staff riguardo a qualche caso. Di solito il suo campo erano più il pronto soccorso o perfino l'obitorio, ma mai la sala risveglio. Dovetti chiedermi se qualcuno fosse stato seriamente ferito a seguito di un crimine.

Trassi un respiro profondo, lo lasciai andare e avanzai verso di lui, cercando di non avere l'aria di una che aveva appena trascorso l'intero weekend a cavalcargli il cazzo e volesse farci un altro giro.

Quando mi vide, i suoi occhi si illuminarono, ma non mi rivolse più di un piccolo sorriso. Non avevamo parlato di come ci saremmo comportati in pubblico – non che non volessi saltargli in braccio e strappargli via la camicia facendogli saltare i bottoni – ma lì si trattava del mio lavoro e la nostra relazione era una cosa a parte. Così come il suo lavoro.

«Salve, sceriffo,» dissi, ricambiando il suo sorriso.

Lui mi salutò con un cenno del capo, ma Barbara, la capo infermiera, parlò. «Jill, lo sceriffo vorrebbe parlarti un minuto.» Indicò il salottino dello staff.

Il mio sorriso vacillò mentre Liam prendeva il proprio cappello e mi conduceva lungo il corridoio, tenendomi aperta la porta. Se la chiuse alle spalle, ma per quanto fossimo soli, non si avvicinò. Non avevo una bella sensazione, come se ci fosse stato qualcosa di sbagliato. Avrebbe potuto trovarsi in ospedale per lavoro e aver deciso di passare a salutarmi, ma non avrebbe avuto bisogno di coinvolgere Barbara per quello. Nè si sarebbe presentato per rompere con me. No? Era stato il suo piano sin dall'inizio quello di farsi un weekend selvaggio con me per poi mollarmi? Il mio nervosismo mi stava facendo ragionare in maniera irrazionale perché non era una cosa che Liam avrebbe mai fatto. Non dopo quello che avevamo condiviso.

«Volevo vederti questa mattina, ma non per un motivo del genere,» esordì lui.

Io mi torturai un labbro tra i denti, in attesa, sempre più impaziente.

«Qualcuno ha fatto irruzione nell'ufficio della dottoressa Metzger durante il weekend,» disse lui, tamburellandosi il cappello contro la coscia.

Io spalancai la bocca. Per un breve istante, fui sollevata dal fatto che non mi stesse lasciando, ma scacciai quel pensiero. La dottoressa Metzger era la donna con cui condividevo il lavoro al suo studio il giovedì e il venerdì. Non me l'ero aspettato. Affatto.

«Hanno rubato il televisore nella sala d'aspetto?» Mi accigliai, chiedendomi perché qualcuno avrebbe dovuto desiderarlo così tanto. Quello studio si trovava in un vecchio edificio proprio in centro che era stato convertito ad ufficio medico negli anni Ottanta.

Liam scosse la testa. «No. Hanno rovistato negli ambulatori e pensiamo che fossero in cerca di farmaci.»

«Farmaci,» ripetei io. La dottoressa Metzger era un medico generico, il che significava che gestiva di tutto, dai mal di gola alle gravidanze fino alle ossa rotte. «Potrebbe avere dei campioni rilasciati dai rappresentanti farmaceutici, ma nient'altro. Lei compila le ricette al computer e le invia direttamente alla farmacia dove i pazienti devono andarli a ritirare.»

«Chiunque abbia fatto irruzione non lo sapeva,» replicò lui, sfregandosi la mano libera sulla nuca.

«Dovrei chiamarla? Posso passare dopo il mio turno qui per aiutarla a rimettere in ordine.»

Liam si avvicinò e mi posò una mano sul braccio. «Jill, la persona che ha fatto irruzione ha utilizzato il tuo codice per disabilitare l'allarme. Ecco perchè nessuno ha saputo dell'infrazione fino a quando non hanno aperto questa mattina.»

«Il mio codice per l'allarme?» Fissai la stella appuntata al petto di Liam mentre elaboravo il tutto. Di solito io arrivavo presto prima della dottoressa Metzger per preparare gli ambulatori o chiudevo per lei se le si presentava un'emergenza, per cui mi aveva dato una chiave d'accesso personale. Tutti quelli che lavoravano lì ne avevano una. «Dovevano passare per la porta chiusa, ed io tengo sempre le chiavi con me.»

Lui annuì, piegando leggermente la testa. «Sono passati da una finestra. L'hanno rotta e poi hanno avuto i trenta secondi per inserire il codice dell'allarme prima che venisse chiamata la polizia.»

«Chi farebbe-» Interruppi da sola la domanda perchè conoscevo la risposta. Sollevai di scatto la testa e guardai Liam. Non c'era più lo sguardo di un amante, l'espressione passionale e nemmeno il luccichio divertito che avevo visto per tutto il weekend. Di fronte a me non c'era Liam, il mio amante, bensì lo Sceriffo Hogan. «Tommy.»

Lui annuì leggermente. «È ciò che penso io.»

Chiusi gli occhi e pensai a mio fratello. Non al ragazzino tenero che ricordavo, ma al cazzone che conoscevo adesso. Voltandomi, presi a fare avanti e indietro per la stanza. Non c'era molto spazio per camminare dal momento che c'erano un tavolo e delle sedie al centro dove consumavamo i pasti durante le pause.

Mi sfregai le mani sul volto e avrei voluto urlare frustrata. «Quando gli metto le mani addosso, io-»

«Non vuoi concludere quella frase di fronte allo sceriffo.»

Io mi voltai a guardarlo e lo capii, ma volli chiedergli comunque. «È quello che sei adesso, lo sceriffo?»

Lui sospirò. «Devo portarti alla stazione per interrogarti.»

Mi raggelai. «Io? Non sono stata io.» Mi portai una mano al petto. «Sono stata con voi per tutto il weekend!»

Non è che non avessi un buon alibi, essendo stata a letto con lo sceriffo in persona.

«Certo che non sei stata tu,» si affrettò a rispondere. «Sono venuto con te al negozio dei pegni sabato, so che tuo fratello è disperato.»

Ero arrabbiata e mi sentivo ferita da Tommy. Di nuovo. Questa volta, aveva esagerato. Poteva anche rubare soldi, dare in pegno oggetti che mi servivano o che volevo tenere per ragioni sentimentali, ma mettere a rischio il mio lavoro a quel modo? Era il mio mezzo di sostentamento. Il *nostro* mezzo di sostentamento dal momento che ci permetteva di tenerci la casa. Lui poteva anche non viverci più tanto, ma decisamente ci tornava. Potevo anche non vederlo, ma usava la vecchia lavatrice e l'asciugatrice, mangiava il cibo che c'era in frigo. Cibo che *io* compravo con i soldi che mi guadagnavo facendo il lavoro che lui mi aveva appena rovinato.

«È l'unico motivo per cui mi credi?» chiesi, improvvisamente irritata. «Il fatto che sia stata a letto con te per tutto il weekend e che sei stato con me quando sono andata a sistemare il casino combinato da Tommy?»

Liam serrò la mascella. «Prenditela con me quanto vuoi,

ma sai che non è ciò che intendevo. Io credo in te. *So* che non sei stata tu.»

Allungò una mano e mi accarezzò una guancia con le nocche. Quel gesto delicato mi tranquillizzò e mi fece sentire in colpa.

«Scusami,» sussurrai.

«Devi venire con me, piccola. Barbara sta facendo arrivare qualcuno da un altro reparto per coprirti.»

Mi sentii arrossire dalla vergogna nel sapere che i miei problemi famigliari erano noti al mio capo. Avevo sempre tenuto la mia vita a casa e Tommy lontani dal lavoro. Arrivavo in orario, facevo il mio lavoro, mi facevo pagare e pagavo le bollette. Fino a quel momento. Lanciando un'occhiata all'orologio sulla parete, vidi che sarei stata pagata solamente per quattro ore quel giorno.

«Barbara pensa che sia stata io? Che abbia aiutato Tommy? Lavoro in ospedale e maneggiare farmaci fa parte del mio lavoro. Potrebbero licenziarmi per questo.»

Non ero più arrabbiata. Ero terrorizzata. Quello era l'unico ospedale della contea. C'erano solamente una manciata di dottori in città. Per quanto fare l'infermiera fosse un lavoro richiesto, c'erano solamente un certo numero di posizioni aperte in un paese delle dimensioni di Raines. Non volevo fare la pendolare fino a Bozeman o perfino ad Helena. Dio, che casino!

«Devo chiamare la dottoressa Metzger,» aggiunsi.

«Ora non è il momento,» disse Liam con la sua voce calma.

«Probabilmente mi vuole licenziare per questo!» sibilai, non volendo urlare, dal momento che non sapevo chi stesse passando per il corridoio.

Liam sembrava cupo. «La dottoressa Metzger non vuole che torni fino a quando la cosa non sarà risolta. Non pensa che sia stata tu, ma hanno usato il *tuo* codice. Immagino che tu non l'avessi dato a Tommy.»

«Io Tommy nemmeno lo *vedo*. Però il codice è la data di nascita di mia mamma, lo stesso codice che uso per sbloccare il telefono e il pin del mio bancomat.»

Liam emise un piccolo sospiro ed io roteai gli occhi. Mi sentii occludere lo stomaco provando un po' di vergona di fronte alla mia irresponsabilità.

«Lo so, dovrei inventarmi qualcosa di più difficile, ma chi vorrebbe accedere al mio telefono? E violare il mio conto in banca? Ho meno di duecento dollari là sopra. Fino a questo momento, non avevo pensato che avesse importanza per quanto riguardava l'allarme allo studio della dottoressa.»

Lo stomaco mi si contorse e sentii le lacrime agli occhi. Potevo anche non essere accusata di effrazione, di certo Liam avrebbe garantito che non ero coinvolta, ma Tommy lo era. Non ne avevo dubbi. Sarebbe sempre stato mio fratello e ci sarebbe sempre stata un'altra possibilità che rifacesse una cosa del genere. Non ero una dipendente affidabile. La dottoressa Metzger non poteva più fidarsi di lasciarmi un codice per l'allarme nè qualunque altra cosa, ormai. Non sapevo quanto fosse grande il danno, ma il suo lavoro era basato sulla fiducia ed io l'avevo tradita. Senza dubbio ormai tutti in città sapevano di quell'effrazione.

«Chiamo Tommy.»

Andai al mio armadietto, lo aprii e tirai fuori il cellulare dalla borsetta. C'era un messaggio in segreteria. Ascoltai la voce di mio fratello, poi premetti il pulsante per ripeterlo e misi il vivavoce così che potesse sentirlo anche Liam.

«Mi dispiace, sorellina,» disse Tommy dagli altoparlanti, la voce insolitamente tesa. «Sono nei guai. Devo restituire dei soldi altrimenti mi faranno del male, cazzo. Perchè non c'erano dei cazzo di farmaci nell'ufficio della dottoressa?

Potrei essere a posto, adesso. Trovami diecimila dollari, Jill. So che stai mettendo da parte dei soldi per un fondo di emergenza. *Questa* è un'emergenza! Merda, devo andare.»

Il messaggio terminò ed io sollevai lo sguardo su Liam. Aveva la mascella tesa e si passò una mano sulla nuca. Qui non si trattava solamente di mio fratello che perdeva dei soldi al casinò. Chiaramente, era andato a cacciarsi nei guai con qualche brutto ceffo.

Diecimila dollari? Non sapevo che cosa pensare. Come aveva fatto Tommy a perdere tutti quei soldi? Aveva confessato l'infrazione. Lo sceriffo l'aveva sentito, sapeva che l'aveva fatto e perchè.

«Quel *fondo di emergenza*?» dissi, roteando gli occhi. «Come ho detto, ci sono circa duecento dollari dentro.»

Anche se avessi prelevato quei soldi, non avrebbe aiutato Tommy. Potevo anche non essere ancora stata licenziata, ma quel messaggio in segreteria dimostrava che sarebbe successo perchè Tommy non sarebbe andato da nessuna parte. Sarebbe sempre stato mio fratello e si sarebbe sempre rivolto a me per risolvere i suoi problemi. Per salvarlo. Chiaramente era disperato. Se aveva fatto irruzione nello studio della dottoressa senza trovare nulla, ciò significava che era più agitato che mai. Che altro avrebbe fatto adesso?

Io ero senza lavoro, su quello non c'era dubbio. Il che significava che non avrei potuto pagare il mutuo e tutte le mie bollette.

10

 ORTER

«Hai fame?» chiesi mentre entravamo in casa mia passando dal garage.

Liam mi aveva chiamato, aggiornandomi sul gran disastro. Per fortuna, quel giorno non dovevo presentarmi in tribunale ed ero stato in grado di affidare le mie riunioni a qualcun altro in ufficio o farle posticipare così da poter andare a prendere Jill al dipartimento dello sceriffo. L'avevano interrogata, chiedendole di suo fratello e di chi pensasse stesse parlando nel messaggio che le aveva lasciato in segreteria. Tommy aveva accennato a *qualcuno* quando aveva detto di essere in debito di diecimila dollari. Ovviamente, Jill non aveva la minima idea di chi stesse parlando.

Io ero stato entusiasta di andarla a prendere una volta che Liam aveva concluso con lei, di portarla lì e di prendermi cura di lei. Adesso era silenziosa: l'interrogatorio non era stato divertente. Non aveva detto una sola parola nel tragitto in auto dalla stazione di polizia. Dal momento che non doveva tornare in ospedale per il resto del suo turno, l'avevo portata a casa mia.

Non l'avrei di certo portata a casa sua con suo fratello così fuori controllo. E non avevo intenzione di lasciarla sola a prescindere da cosa avrebbe detto.

Lei avrebbe voluto che Tommy fosse qualcosa di più del fottuto fannullone che era. Diamine, *io* avrei voluto che Tommy fosse più che un fottuto fannullone per Jill. Lei si meritava una famiglia che la amasse e si prendesse cura di lei. Adesso aveva me e Liam e, per esteso, anche le nostre famiglie, ma non era la stessa cosa.

Tommy era tutta la famiglia che le era rimasta. I Duke erano un gruppo vasto. I miei genitori vivevano in Arizona, ormai, ma eravamo comunque affiatati. La zia Duke e lo zio Duke – dei nomi talmente ridicoli dal momento che erano *tutti* Duke – vivevano in città assieme ai miei quattro cugini. Non riuscivo ad immaginarmi senza le cene settimanali in famiglia. Senza le serate a giocare. Senza i picnic estivi o perfino quell'anno in cui avevamo formato una squadra di bowling. Era stato interessante. Avevo sempre qualcuno a coprirmi le spalle.

Tommy decisamente non badava a Jill. Era l'opposto, in effetti. Lui la stava usando, la trattava da schifo e adesso, molto probabilmente, le aveva fatto perdere il lavoro. Perfino la sua reputazione in paese. Ero incazzato per lei. Così come Liam.

Mentre lui era rimasto alla stazione a cercare di rintracciare quello stronzo, io avevo portato Jill a casa. Casa era casa *mia*. Speravo che presto avrebbe potuto diventare casa *nostra*. Anche quella di Liam. Lui si era trasferito nuovamente al ranch di famiglia quando suo padre era morto l'anno prima, ma non era una soluzione permanente.

Eravamo d'accordo che una volta che avessimo rivendicato Jill, avremmo vissuto qui o avremmo comprato una casa nuova per tutti e tre. Io e lui avremmo avuto camere separate, ma avremmo condiviso Jill. Lei avrebbe trascorso le notti nei nostri letti, facendo a turno o in qualunque altro modo avremmo deciso di fare. A volte, come ad esempio durante i weekend, ce la saremmo scopata mentre l'altro guardava. Altre volte, saremmo stati con lei uno alla volta. E presto, insieme. Fino a quel momento, l'unica volta che l'avevamo davvero toccata insieme era stato quando le avevamo scopato la figa con le dita nel SUV. Presto, però, ce la saremmo presa nello stesso momento, facendola nostra in ogni modo. Uno di noi avrebbe rivendicato la sua figa, l'altro il suo culo.

Non si sarebbe mai più sentita sola, nè lo sarebbe stata. Come in quel momento, aveva dei problemi e non li avrebbe affrontati da sola. Affatto.

Lei se ne rimase semplicemente lì in piedi, insicura su cosa fare, per cui la attirai in un abbraccio, mi chinai e le diedi un bacio sulla testa. Era così piccola, così fragile. In quel caso, emotivamente, per quanto fosse la persona più forte che conoscessi. Volevo proteggerla da qualunque cosa che non la facesse sorridere. Volevo prendermi cura di ogni sua necessità.

A cominciare dal cibo. Era mezzogiorno passato e doveva avere fame. Indietreggiando, la aiutai a togliersi il cappotto pesante e lo appesi ad un gancio nell'anticamera.

«Non proprio,» rispose alla mia domanda sull'avere fame.

Io le diedi un altro bacio sulla fronte. «D'accordo, dolcezza. Vai a farti un bagno e a rilassarti ed io ti preparo almeno uno spuntino.»

I suoi occhi tristi incrociarono i miei e lei annuì.

La indirizzai in salotto e verso la camera da letto principale. «Forza. Non c'è altro che tu possa fare adesso a parte rilassarti.»

Era vero. Liam si sarebbe occupato di trovare Tommy e anche la dottoressa Metzger. Da quanto mi aveva detto, aveva già sporto denuncia. Non era stato rubato nulla dal momento che non aveva trovato i farmaci che si pensava stesse cercando. L'ufficio aveva bisogno solamente di avere il vetro di una finestra sostituito e di essere ripulito a fondo. Sarebbe tornata a visitare i suoi pazienti molto presto. Non accennò al fatto che Jill sarebbe stata licenziata, ma essendo furba, era in attesa di sapere come si sarebbero concluse le indagini.

Tommy era un grande stronzo come sempre, e il fatto che Jill si facesse un bagno e un sonnellino non avrebbe cambiato la cosa.

Cinque minuti più tardi, portai un piatto con un panino al prosciutto e formaggio e delle patatine in camera. A giudicare dal rumore dell'acqua corrente, Jill aveva scelto una doccia invece di un bagno. Furono i singhiozzi sommessi a farmi imprecare tra i denti, lasciare perdere lo spuntino e aprire la porta del bagno. Nonostante il vetro della doccia appannato dal vapore, riuscii a vedere il suo corpo minuto rannicchiato sulle piastrelle del pavimento, le ginocchia strette al petto.

Spogliandomi rapidamente, la raggiunsi. Per fortuna non si trovava nella vasca da bagno, altrimenti non sarei mai riuscito ad entrarci insieme a lei, ma la mia doccia era fatta per due. Concedeva ad un uomo grande e grosso come me molto spazio in cui muoversi, ma permetteva comunque anche ad un'altra persona di starci.

Lì, con l'acqua calda che le cadeva addosso, la testa appoggiata alle gambe piegate, Jill stava piangendo. Aveva i capelli scuri attaccati alla schiena. Mi si strinse il cuore nel vederla.

«Dolcezza,» dissi, prendendola in braccio e sistemandomi sulla panchetta tenendola in grembo.

Lei pianse contro il mio petto mentre le accarezzavo la schiena nuda e bagnata. Il mio cazzo si risvegliò contro il suo fianco, ma io lo ignorai.

«Che cosa farò?» chiese lei, le parole mozzate e singhiozzanti per via delle lacrime. «La dottoressa Metzger mi licenzierà.»

«Non sei stata tu a fare irruzione nell'ufficio,» controbattei.

«È stato Tommy. Non ci si può fidare di me per colpa sua.»

In parte aveva ragione. La dottoressa aveva effettivamente l'obbligo morale di offrire un luogo sicuro e di fiducia ai suoi pazienti. Tuttavia, aveva anche l'obbligo morale di riconoscere il fatto che Jill non era Tommy, nè era responsabile delle sue azioni.

Glielo dissi.

«È mio fratello,» replicò lei.

Io la strinsi leggermente. «Tommy ha vent'anni. È un uomo. Dovrebbe ritenersi responsabile delle *tue* azioni?»

«Certo che no,» rispose subito lei.

«Ed io? Pensi che io dovrei preoccuparmi di stare con te?»

Lei si spostò così da poter sollevare lo sguardo su di me. Aveva gli occhi rossi, ma le lacrime si erano fermate. «Dovresti. Sei il procuratore distrettuale. Non dovresti preoccuparti?»

«Se qualcuno ha qualche problema con la mia donna, è un problema suo, non mio. Che vadano a farsi fottere.»

Quell'affermazione la fece sorridere.

«Ecco la mia ragazza.» Mi chinai e le diedi un morbido bacio. «Laviamoti per bene, poi potrai farti quello spuntino che ti ho preparato e riposare un po'.»

«Non sono una bambina,» borbottò lei, senza protestare davvero.

Io feci scorrere lo sguardo lungo il suo corpo, osservai i morbidi rigonfiamenti dei suoi seni con i loro capezzoli rosei e gonfi, la curva dei suoi fianchi, la rotondità del suo sedere contro le mie cosce. Mi ricordavo ogni singola cosa che avevamo fatto insieme durante il weekend, pensai a tutti i modi in cui dovevo ancora prendermela. «No, non lo sei. Ed io ho intenzione di prendermi cura della mia donna, non di trattarti come una bambina.»

Mi alzai facilmente in piedi con lei tra le braccia fino a tornare sotto il getto dell'acqua. La rimisi in piedi e afferrai il sapone dalla mensolina dentro la doccia. Cominciai a lavarle la pelle morbida, prestando particolare attenzione ai suoi seni. Per quanto abbondanti, erano così piccoli tra le mie mani grandi. Morbidi dove io ero duro. Lisci dove io ero ruvido. Bellissimi. Ogni singolo centimetro di lei. «Visto, non ti sto affatto trattando come una bambina.»

Le sue mani si posarono sul mio petto e lei sollevò lo sguardo su di me. Vidi passione, voglia. Sorpresa, come se fossi stato in grado di eccitarla nonostante fosse stata tanto turbata. Col mio tocco, potevo farla dimenticare, almeno per un po'. *Quello* era l'obiettivo. Non c'era nulla che avremmo potuto fare fino a quando non avessimo avuto notizie da Liam. Le avrei dato così tanto piacere che non sarebbe riuscita a ricordarsi nemmeno il suo nome.

Avevo il cazzo completamente duro, ormai, che puntava dritto verso il suo ventre e quando lei abbassò lo sguardo, fece scorrere la mano attorno alla base. Oh cazzo, era bello. I miei fianchi si impennarono involontariamente verso di lei, pronti ad affondare nella sua figa stretta.

Subito, prima di dimenticarmi io come mi chiamassi o di venirle addosso in spessi fiotti sul ventre, le afferrai il polso e la allontanai. «Qui si tratta solo di te, dolcezza. Voltati,» le mormorai mentre lei obbediva senza dire nulla.

Merda, il suo culo era bellissimo, tutto a forma di cuore e mi veniva voglia di afferrarlo. Lo feci, poi le feci scorrere le mani su quelle curve piene, assicurandomi che ogni singolo centimetro fosse pulito.

«Porter.» Il mio nome fu pronunciato piano e in un sospiro, non più in un pianto.

«Cosa, dolcezza?»

«Mi piace quando ti fai la doccia con me.»

Con una mano aggirai il suo corpo minuto e le presi un seno, l'altra gliela feci scivolare tra le cosce, coprendo ogni nicchia e fessura di sapone, facendo attenzione però a non risciacquarlo via tutto prima di insinuarle un dito dentro.

«Anche a me piace fare la doccia con te.» Era calda e bagnata e mi si strinse attorno.

«Porter!» ripetè lei mentre il palmo della mia mano le premeva contro il clitoride.

Chinandomi in avanti, le mordicchiai quel punto in cui collo e spalla si univano. Il mio cazzo le premeva contro la schiena.

«Tutta pulita?» chiesi, leccandole via l'acqua dalla pelle.

Lei annuì e la sua testa mi ricadde contro il petto mentre io continuavo a giocare.

«Sì.»

«Bene, allora è arrivato il momento di sporcarti di nuovo.»

Allungai una mano e chiusi l'acqua, aprii la porta e afferrai un asciugamano. Quando Jill uscì, la asciugai con premura posando un ginocchio a terra sullo spesso tappeto da bagno così da trovarmi all'altezza più giusta. Forse capì che avevo assolutamente intenzione di farlo io nonostante fossi consapevole che fosse in grado di asciugarsi da sola, perchè non disse nulla. Fu difficile non notare i suoi seni che si alzavano e abbassavano a ritmo del suo respiro rapido, quei fantastici capezzoli induriti. Quando le asciugai la figa, lei trasalì, chiaramente sensibile al ruvido sfregamento dell'asciugamano. Adoravo il modo in cui il suo clitoride era esposto così che io potessi vederlo e sapere che era duro.

Mi alzai, presi un secondo asciugamano e mi asciugai io con movimenti rapidi ed efficienti, lo gettai sul mobiletto e poi presi Jill in braccio e la portai a letto. Con un forte strattone, la coperta e il lenzuolo finirono a terra.

Jill rise. «Non vedi l'ora,» commentò quando l'ebbi proprio dove la desideravo – nuda al centro del mio letto. I suoi occhi scuri erano fissi sul mio cazzo, che ovviamente sobbalzò verso di lei come in risposta alle sue parole.

Non attesi, bensì mi mossi così da insinuarmi tra le sue cosce aperte e le posai la bocca dritta sulla figa.

«Porter,» disse lei, riconoscendo le mie intenzioni.

Sollevando lo sguardo sul suo corpo nudo e bellissimo, incrociai il suo. Sogghignai. Oh sì, era proprio dove la volevo avere. Era già bagnata per me, l'odore della sua figa che mi riempiva le narici. Aveva la pelle calda e umida, perfino imperlata. Sollevandole una gamba e poi l'altra sulle mie spalle, le presi le natiche, osservando le sue labbra bagnate già dischiuse e pronte per me. Ce l'eravamo presa così tante volte per tutto il weekend che dovetti chiedermi se avesse ancora un po' del nostro seme a fondo dentro di lei. Per qualche ragione, sapere che era stata marchiata da noi mi faceva sentire come un fottuto eroe. Virile, come se avessi avuto voglia di battermi i pugni sul petto. Mi venne l'acquolina in bocca dalla voglia di assaggiarla. Adoravo quella figa e avrei potuto divorarla per ore. Magari l'avrei fatto.

Avevamo tutto il pomeriggio ed io avevo intenzione di sfruttarlo al meglio. Era già venuta per me e Liam quando ce l'eravamo divorata prima. Adoravo il fatto che fosse così reattiva, così sensibile a ciò che le facevamo. Era come vincere una medaglia d'oro quando si dimenava e urlava il mio nome venendo.

«Non fare la timida, dolcezza. Vieni tutte le volte che vuoi.»

11

ILL

Seguii il profumo di aglio e qualcosa di italiano fino in cucina. Dopo tre orgasmi indotti da Porter solamente con la sua bocca e le sue dita, mi ero assopita quando era salito sul letto sdraiandosi accanto a me – ancora completamente vestito – e mi aveva attirata tra le sue braccia. Avevo dormito sodo e non mi ero nemmeno mossa quando lui, a un certo punto, era sceso dal letto. La divisa da infermiera erano tutti gli abiti che avevo per cui indossai una delle camicie di flanella di Porter... le mie calze al ginocchio così da tenere i piedi al caldo e nient'altro. I miei capelli erano un ammasso di nodi dal momento che non li avevo mai pettinati una volta uscita dalla doccia, per poi addormentarmici mentre erano ancora bagnati. Mi stavo tirando su le maniche quando entrai in cucina.

Porter era in piedi davanti ai fornelli a mescolare qualcosa in una grossa pentola. Indossava degli abiti diversi da quelli che aveva messo quella mattina per andare a lavoro. C'erano più di venti centimetri di neve fuori e lui era a piedi nudi con indosso solamente un paio di jeans consunti e una maglietta. Porter che cucinava era una bella vista e non fu il profumino delizioso a farmi venire l'acquolina in bocca.

Lui mi guardò e sorrise. «Ecco la mia ragazza.» Il suo sguardo si accese nello scrutare ogni singolo centimetro del mio corpo. Mi si avvicinò e si occupò lui di sistemarmi le maniche. «Mi piaci con indosso la mia camicia.»

All'improvviso, io mi sentii timida. Prima, si era infilato tra le mie cosce ed era stato vorace, come se la mia figa fosse stata la sua unica fonte di sostentamento. Era stato perfino insaziabile e non aveva fatto nulla riguardo al proprio piacere. Lanciai un'occhiata alla parte anteriore dei suoi pantaloni. C'era uno spesso rigonfiamento – la figa mi si contrasse al ricordo di quanto ce l'avesse effettivamente grande – e dovetti chiedermi...

«Non hai mai... cioè, non hai bisogno di-»

Lui mi sollevò il mento con due dita per farmi incorciare il suo sguardo. «Dillo, dolcezza.»

«Non hai bisogno di venire anche tu?»

Lui sogghignò. «Prima si trattava solamente di te.»

«E adesso?» domandai.

«Ti ho leccato la figa per cui vuoi succhiarmi il cazzo?»

Io arrossii, pensando ad inginocchiarmi di fronte a lui, a prendermi il suo cazzo in bocca il più a fondo possibile. Ce l'aveva enorme e, dopo aver trascorso il weekend insieme, non avevo fatto molto altro a parte leccargli via il liquido preseminale dalla punta. Lui mi aveva tenuta occupata a dargli piacere in altri modi. Non ero ancora sicura di essere in grado di prenderglielo tutto in bocca, nemmeno se ne avessi stretto la base in una mano. Però volevo provarci, volevo sentire le sue mani intrecciarsi tra i miei capelli e attirarmi più vicina a sè. Volevo sentire i suoi versi di piacere, sentire il potere nel sapere di averglieli provocati.

«Mmm, continua con quei pensieri, dolcezza.»

Mi accigliai. «Come fai a sapere a cosa sto pensando?»

Lui sogghignò e mi fece scorrere una nocca lungo la mandibola. «A parte le guance arrossate, ti si appanna la vista e ti si accelera il respiro quando sei eccitata. E poi, hai i capezzoli che premono contro la mia camicia.»

Io abbassai lo sguardo. Capezzoli traditori!

«Se vuoi succhiarmelo, il mio cazzo è tuo. Sempre. In questo preciso istante, però, voglio sapere come ti senti.»

Io feci spallucce, ripensando al casino che era la mia vita, ma non avevo nuove risposte. «Liam ha fatto sapere nulla?»

«Ha solo mandato un messaggio dicendo che hanno un mandato per l'arresto di tuo fratello, ma che non l'hanno trovato.»

Mi accigliai, desiderando che le cose non fossero finite in quel modo per Tommy. Allo stesso tempo, avrei dovuto capire come pagare le bollette senza il mio lavoro dalla Dottoressa Metzger. «Sono abbastanza incazzata con lui, al momento, per cui farà meglio a nascondersi perchè se gli metto le mani addosso prima che lo faccia Liam-»

«Piano, tigre.» Mi attirò in un abbraccio ed io lo sentii baciarmi la testa. Contro il ventre, percepii il suo cazzo, lungo e spesso, che pulsava e si gonfiava. «Non devi preoccuparti delle tue bollette, del mutuo. Ci siamo io e Liam ad aiutarti.»

La porta d'ingresso si aprì e si richiuse seguita dal

rumore di stivali sul pavimento. Era arrivato Liam, ma non vi prestai troppa attenzione. No, tutti i miei pensieri erano concentrati sulle parole di Porter. *Non devi preoccuparti delle tue bollette, del mutuo.* Sì, come no!

Mi ritrassi, facendo avanti e indietro per la grande cucina. Tutte le stanze erano di dimensioni enormi, forse progettate così da Porter dal momento che lui era tanto grande. Facendo il giro dell'ampia isola, mi voltai a guardarlo. «Non potete pagare le bollette per me.»

Posai i palmi contro il granito freddo mentre Liam entrava nella stanza. Fece il giro e mi venne a dare un bacio sulla testa.

«Prima che tu me lo chieda, non abbiamo trovato Tommy,» disse. «Non ci sono novità. Probabilmente si è nascosto da qualche parte.»

Annuii, grata del fatto che me l'avesse detto subito.

Porter mantenne lo sguardo fisso su di me mentre incrociava le braccia al petto. «Non c'è bisogno che ti ammazzi con due lavori quando hai due uomini che possono aiutarti, ormai.» Era chiaro che non volesse parlare di Tommy e che si stesse comportando come un cane con un dannato osso.

Spinsi via Liam e assottigliai lo sguardo verso Porter. «Uomini? Pensi che il fatto che io adesso abbia te e Liam nella mia vita risolverà il mio debito per il prestito universitario? Non è così che funziona.»

«Lo è se ti trasferisci qui e noi paghiamo le cose al posto tuo.»

Io spalancai la bocca e lo fissai, poi guardai Liam, che non aveva ancora detto nulla al riguardo, il che significava che era d'accordo su tutto o che sapeva come salvarsi la pelle. «Non capite!» praticamente urlai.

Porter si spostò e si appoggiò al bancone dalla sua parte dell'isola. «Spiegamelo, allora.»

«Spiegacelo,» disse infine Liam. «Anch'io voglio sapere la risposta.»

Io mi posai una mano sul petto. «Se rinuncio alla mia casa, ad uno dei miei lavori, rimango in debito con voi. Con *entrambi*.»

Porter assottigliò lo sguardo. «Sei la nostra donna, non sei in debito con noi,» controbatté.

Io guardai il soffitto, le forti luci incassate. «Così farete in modo che fallisca! Se dipendo da voi, allora poi cosa succederà quando mi lascerete?»

Liam si immobilizzò. Porter rimase in silenzio per un istante, poi parlò, ma la sua voce fu bassa, quasi un sussurro. «Io non sono tuo padre e non me la darò a gambe. Non sono Tommy e non ti sfrutterò. Per quanto non ti abbia messo un anello al dito la notte scorsa, ho giurato prima di scoparti senza preservativo che questo era per sempre. Non ho alcuna intenzione di lasciarti, ma tu sembri pensare che questa sia una cosa temporanea.»

Io mi morsi un labbro, scrutandoli entrambi. «Io voglio... voglio che sia per sempre, ma ho paura. Gli uomini se ne vanno. Se non altro se ne vanno da me. Non posso dipendere da nessuno se non da me stessa, specialmente quando si tratta di soldi. Devo essere economicamente indipendente.»

«Questo» - Porter fece girare per aria la mano indicando noi tre - «questo è tutto nuovo, ma è reale, profondo e serio,» aggiunse.

«Molto serio, cazzo,» concordò Liam.

«Capisco quello che stai dicendo,» proseguì Porter. «Ma tu devi capire che stai con due uomini che ti mettono al primo posto. Non vogliamo che tu faccia due lavori, non perchè non vogliamo che tu sia autosufficiente, ma perchè lavori troppo. Non saremmo ciò che siamo se ti permettessimo di spingerti al limite quando possiamo renderti le cose più facili.» Sospirò. «Ti apriamo la portiera dell'auto.»

Annuii.

«Tu ce lo lasci fare perchè è da gentiluomini. Lo stesso vale per il camminare accanto a te, ma dal lato della strada. E il portarti le buste della spesa. Facciamo tutto questo non perchè non sei in grado di prenderti cura di te stessa, ma perchè è la cosa giusta da fare. Tu sei la nostra donna ed è compito nostro occuparci di te.»

«E le nostre madri ci prenderebbero a calci nel culo se sapessero che ci siamo comportati diversamente,» aggiunse Liam. Mi guardò. «Chi mi ha aiutato a riempire e richiudere tutte quelle buste per il sondaggio riguardo alle tasse di proprietà?»

«Io,» dissi. Prima del giorno dell'elezione, il dipartimento dello sceriffo aveva inviato a tutti i residenti di una certa zona industriale una notifica riguardo ad un contributo per la votazione. Il compito era stato assegnato a Liam ed io ero andata alla stazione ad aiutarlo durante un sabato di pioggia. Avevamo fatto quello invece di uscire a guardarci un film dopo pranzo.

«Perchè mi hai aiutato?»

Mi accigliai. «Perchè ce n'erano a migliaia e ci avresti lavorato per tutto il weekend.»

Liam incurvò un angolo della bocca verso l'alto. «Mi hai aiutato perchè pensavi che non potessi farcela?»

«No, certo che no.» Scossi la testa. Quell'idea era sciocca. «Avevi bisogno di una mano.»

Lui mi si avvicinò, dandomi un colpetto sulla punta del naso. «Esattamente. Tu lavori nell'ufficio della Dottoressa Metzger e all'ospedale così da poter ripagare i tuoi debiti. Per nessun altro motivo. Noi vogliamo aiutarti, non perchè tu non sia in grado di farlo, ma perchè aiutarti ti renderebbe le cose più facili.»

Io mi rilassai, lasciando che la rabbia svanisse. Stavano solmente cercando di essere gentili. Come avevano detto loro, di comportarsi da gentiluomini. Eppure... «Capisco il vostro punto di vista, ma c'è una bella differena tra i soldi e il leccare delle buste.»

Liam inarcò le sopracciglia. «Io ho qualcosa che puoi leccare.»

Risi e roteai gli occhi, ormai rilassata.

«Si tratta solamente di fiducia, dolcezza,» disse Porter, facendo il giro dell'isola e avvicinandosi, abbastanza da posarmi una mano in vita. «Ci siamo tutti innamorati in fretta, ma faremo funzionare la cosa.»

Il cuore mi batteva forte e feci scorrere lo sguardo dall'uno all'altro. Potevamo anche esserci saltati addosso per tutto il weekend, loro potevano anche avermi promesso un per sempre, ma quella era la prima volta che avevano detto di essersi innamorati di me. «Vi siete innamorati di me?»

Loro mi fissarono come se mi fosse cresciuta un'altra testa.

Liam mi posò le mani sui fianchi, fissò il pavimento per un minuto, poi sollevò lo sguardo su di me. «Non so se dovrei sculacciarti o scoparti così che tu capisca cosa provo per te. Donna, io ti sto *condividendo* perchè ti amo.»

«Magari sculacciarla e poi scoparla,» offrì Porter. Mi fece sollevare il mento. «Abbiamo detto per sempre. Ti abbiamo rivendicata. Ti abbiamo scopata senza preservativo. Ovvio che ci siamo innamorati di te. Io ti amo, Jillian Murphy.»

Mi sentii leggera e felice, l'euforia che mi scorreva nelle vene, e non potei fare a meno di sorridere. «Be', anch'io vi amo.»

Entrambi sorrisero radiosi, come se la loro squadra di football preferita avesse appena vinto il Super Bowl.

«L'amore è il motivo per cui vogliamo renderti le cose più semplici, non il fatto che siamo uomini,» disse Porter.

Liam ridacchiò. «Be', speriamo che tu ci ami perchè siamo uomini, altrimenti dovremmo fare un discorsetto. Io direi che essere innamorati sia un buon inizio per quanto riguarda la fiducia, no?» disse.

«Decisamente,» aggiunse Porter. «Potrai anche non fidarti di noi al punto da unire i nostri conti in banca, ma ti fidi a concederci il tuo corpo, a farti dare piacere da noi. Quello per me è molto più prezioso. Liam, avresti dovuto vederla prima, nuda, con le gambe sulle mie spalle, che si dimenava mentre le divoravo la figa.»

Liam gemette e mi si avvicinò dall'altro lato.

Riuscii a sentirmi arrossire. «Pensavo che un gentiluomo non facesse la spia.»

«Io ti condivido con Liam,» controbatté Porter. «Con nessun altro.»

«Come in questo preciso istante,» disse Liam, la voce che si abbassava ad un timbro profondo che ora sapevo essere la sua voce sexy. Il suo dito mi scivolò lungo il collo e sulla spalla, spostando la camicia per mettere in mostra qualche centimetro di pelle. «Due cazzi, piccola. Proprio adesso. Dove li vuoi?»

Porter mi posò un dito sulle labbra. Le picchiettò. «Qui?» Cambiò direzione e lo fece scorrere lungo il centro del mio corpo, tra i miei seni, aggirando l'ombelico per poi scendere più in basso e affondare nella mia figa. Gemette, probabilmente sentendo quanto fossi bagnata, e disse, «Qui?»

Io rabbrividii trepidante per quel *qui* o *qui*.

Mentre lui continuava a scoparmi lentamente con il dito, la mano di Liam mi scivolò sulla coscia, sollevando la camicia e afferrandomi una natica, il suo pollice che affondava nella fessura. Trovò il mio ano ed io trasalii. Per quanto il suo tocco fu leggerissimo, mi sollevai in punta di piedi, sorpresa da quell'esplosione di calore e di sensazioni. Mi stava toccando... *lì*. «O qui?»

12

IAM

Vedere Jill con indosso la camicia di Porter mi aveva fatto esitare sulla porta della cucina. Quell'indumento di flanella era il segno palese che Porter le avesse tolto l'uniforme da infermiera. Quello, unito ai suoi capelli scompigliati e alle guance rosse, era la prova che era stata scopata e pure bene. La sensazione che avevo provato nel petto non era stata gelosia, ma qualcosa di completamente diverso.

Paura.

Se Jill poteva venire soddisfatta così bene da Porter, perchè aveva bisogno di me?

Sensazioni irrazionali, lo sapevo, ma persistevano. Perfino dopo un weekend in cui ci eravamo conosciuti ancora meglio, dentro e fuori dal letto. Il venerdì sera, dopo che ce l'eravamo fatta per un paio di ore, lei aveva dormito nel letto di Porter, avvolta tra le sue braccia mentre io me n'ero andato nella camera degli ospiti. Il sabato mattina, quando il sole stava appena sorgendo, me l'ero presa, me l'ero portata nel mio letto e me l'ero scopata, tenendola ben occupata fino all'ora di pranzo. Porter ci aveva lasciati soli a giocare un po' per conto nostro. Il sabato sera, aveva dormito con me. Be', *dormire* non era la parola giusta dal momento che ero rimasto tra le sue cosce seducenti per ore, dopodichè praticamente era svenuta. La domenica, mentre guardavamo una partita di football, io e Porter ci eravamo passati Jill continuamente, dal suo punto preferito sulla poltrona reclinabile davanti alla grande tv a schermo piatto fino a me sul divano, a giocare. A scopare. Quella notte lei aveva dormito con Porter prima di andarsene a lavoro quella mattina. Avevo sentito la testiera del suo letto sbattere contro il muro, le sue grida di piacere. Sapevo che se n'era preso cura per bene.

In tutto quello, Jill non aveva mostrato preferenze ed era sembrato che ci desiderasse entrambi allo stesso modo.

Tuttavia, una scopata non sistemava le cose, dal momento che quando avevo appeso il cappotto e mi ero tolto gli stivali accanto alla porta d'ingresso, li avevo sentiti discutere animatamente.

Ora, sapendo che aveva dei problemi riguardo al non essere economicamente indipendente, dovevamo fare attenzione. Non esisteva che avrebbe continuato ad ammazzarsi facendo due lavori, ma era fottutamente suscettibile al riguardo. Poteva anche non ammetterlo a se stessa, perfino dopo aver detto che ci amava e che voleva un per sempre, ma presto saremmo andati a vivere insieme. Casa sua era pccola, troppo piccola affinché Porter riuscisse a muovercisi. Diamine, era stretta perfino per me. E se... no, *quando* avessimo avuto dei bambini... era semplicemente troppo piccola.

La casa di Porter sarebbe andata bene, c'erano un sacco

di camere da letto e un sacco di terreno attorno. O da qualche altra parte. Per quanto il ranch degli Hogan appartenesse in egual misura a me e a mio fratello, la casa principale ormai era casa sua. Dal momento che c'erano un sacco di terreni, avrei potuto facilmente costruirne una tutta mia senza dargli fastidio. *Dove* avessimo vissuto con Jill non era il problema. Il problema era *quando*.

Lei stava proteggendo il proprio cuore. Era chiaro. Aveva ammesso di avere paura. L'amore faceva paura, cazzo. Ma ne valeva la pena.

Jill ne valeva la pena.

E il modo in cui reagiva a noi, tanto appassionatamente e con totale trasporto, era perfetto.

Riuscii a capire dal modo in cui si sollevò in punta di piedi quando il mio pollice le sfiorò l'ano stretto che l'avevo colta di sorpresa. «Hai mai avuto un cazzo nel culo?» le chiesi, baciandola lungo la spalla. Sapeva del sapone di Porter, ma al di sotto, era tutta Jill, dolce e calda.

«No,» esalò, roteando i fianchi mentre Porter le muoveva il dito dentro la figa, solo per finire col far premere la punta del mio pollice con un po' più di forza contro il suo ano stretto. Fece cadere la testa all'indietro contro il mio petto, gli occhi chiusi. «Però... oddio!»

Senza dubbio sarebbe riuscita a venire così, con solo le nostre dita, ma non era ciò che volevo. Era arrivato il momento di scoprire se le fossero piaciuti i giochetti anali, perchè prima o poi ci avrebbe presi insieme. Me l'ero sognata in mezzo a noi a prenderci nella figa e nel culo nello stesso momento. Due uomini, due cazzi insieme.

Per tutto il weekend, non avevamo nemmeno accennato ai giochi anali. C'erano state abbastanza cose che volevamo fare con Jill che avevamo potuto tralasciarli. Adesso, però, era giunto il momento di vedere se le sarebbe piaciuto...

perchè i giochi anali erano una cosa che a me piaceva *molto* e che volevo fare con Jill. Il solo pensare di infilare il cazzo dentro quel buco stretto me lo fece venire duro come una roccia. Guardai Porter e lui annuì.

«Però che cosa, dolcezza?» le chiese.

«No, non sono mai stata *scopata* nel culo.» Si leccò le labbra ed io la guardai in volto. «Però mi sono preparata per entrambi voi.»

La mano di Porter si fermò ed io mi immobilizzai. Lo sguardo di Porter era altrettanto sorpreso e confuso quanto me.

«Preparata?» chiesi. Il mio cazzo, che era già duro, adesso aveva di sicuro il segno della zip lasciato dai jeans. Merda.

Porter le tirò fuori il dito e lei piagnucolò. Aprì gli occhi.

Arrossì violentemente. «Vi ho detto che vi ho sempre desiderati entrambi, ma che avevo troppa paura a dirvelo.»

Noi annuimmo e la guardammo agitarsi.

«Be', ho ordinato un set di plug anali online e li ho usati.»

Porter indietreggiò, incrociando le braccia al petto. Sembrava così serio, come se si fosse messo a interrogare un testimone per verificare la sua versione dei fatti, tuttavia il modo in cui il cazzo gli tendeva i pantaloni rovinava l'effetto. «Mi stai dicendo che te ne sei andata in giro con un plug infilato nel culo mentre uscivamo insieme?»

«Cosa?» Lei sgranò gli occhi. «No, certo che no. Be', mi avete vista sul divano.»

«Avevi un plug nel culo quella sera?» chiesi io. Porca. Di quella. Miseria. La nostra ragazza si era masturbata con qualcosa nell'ano?

Lei scosse la testa. «Io... dio, sto facendo un casino. Non quella volta, ma altre volte quando mi sono toccata, a letto, ne ho infilato dentro uno. Per vedere come fosse.»

«Porca puttana,» borbottai io, questa volta a voce alta, immaginandola sul suo letto, a quattro zampe, con una mano dietro la schiena a infilarsi un plug a fondo in quel buco vergine. Alla nostra ragazza piacevano i giochi anali. «Ti è piaciuto, immagino, farti venire con qualcosa su per il culo, se l'hai fatto più di una volta.»

Non pensavo fosse possibile vederla arrossire più di così, ma lo fece. Annuì.

Porter girò i tacchi, spense il fuoco sui fornelli, poi disse da sopra una spalla mentre usciva dalla cucina. «Ci vediamo in salotto.»

Io presi Jill per mano, e me l'ero appena fatta sedere in braccio sul divano quando Porter fece ritorno, posando un plug anale in silicone di un rosa acceso, ancora nella sua confezione, e un piccolo boccettino di lubrificante accanto ad esso.

«Ti avevo preso questo per prepararti per noi. Avevo intenzione di attendere un po' dal momento che non ti abbiamo ancora nemmeno scopata insieme.»

«Ha ragione,» dissi io, scostandole la camicia di flanella dalla spalla così da poterla baciare. I rigonfiamenti superiori dei suoi seni nudi erano visibili. «Porter ti ha scopata, piccola. Io ti ho scopata, ma non ti abbiamo mai presa nello stesso momento. Solamente con le dita quella prima sera in garage.»

Non ne avevamo esattamente parlato, ma scoparcela da soli era stato un modo per abituarla all'idea di una relazione a tre. Per divertirci, per giocare e scopare con qualcun altro a guardarci. Serviva anche a me e Porter. Non è che fossimo abituati a stare con una donna con qualcun altro nei paraggi. Adesso non mi infastidiva guardare Porter che si scopava Jill e probabilmente lo stesso valeva per lui. Tuttavia, quella relazione non si basava sull'esibizionismo, ma sullo stare insieme in tre.

«Questo cambia le cose,» aggiunse Porter. Mi lanciò un'occhiata, ma io non dovetti dire nulla. Eravamo d'accordo. Era arrivato il momento di rivendicare la nostra ragazza assieme. «È arrivato il momento di coinvolgere due paia di mani, due bocche e due cazzi nel farti venire.»

«Hai intenzione di scoparmi nel culo... adesso?» Le sue parole furono uno squittio strozzato, come se fosse stata tanto eccitata quanto spaventata.

«Tu *vuoi* farti scopare nel culo adesso?» le chiesi io, trattenendo il fiato. Non mi ero mai preso una donna nel culo. Avevo solamente giocato. Dita, sex toys, ma nient'altro. Se era quello che voleva, allora diavolo, gliel'avrei dato più che volentieri perchè lo volevo anch'io. «Se hai delle necessità, piccola, è nostro compito soddisfarle.»

«Io... io-um...»

Le slacciai il primo bottone della camicia. Quell'indumento era così grande che quel bottone era l'unica cosa che gli aveva impedito di scivolarle giù dalle spalle e il tessuto le si ammucchiò attorno alla vita. Facendola chinare all'indietro, le presi un capezzolo in bocca, succhiandolo fino a quando lei non trasalì, fino a quando non mi intrecciò le mani tra i capelli.

«Che ne dici di questo, dolcezza,» le chiese Porter mentre io passavo da un seno all'altro. Mentre giocavo con Jill, lui aprì la confezione del plug. «Noi ti guardiamo infilarti questo bel plug rosa nel culo, dopodiché Liam ti scopa nella figa mentre io ti scopo in bocca. Tutti i buchi occupati.»

Lei piagnucolò e mi si agitò in grembo. Oh sì, le piaceva quell'idea. In effetti, l'essenza della sua figa mi stava bagnando tutti i pantaloni. Adesso l'avrebbe riempita il plug, presto sarebbe toccato ai nostri cazzi.

Merda, stavo per venire, ma volevo farlo dentro di lei. Volevo afferrare quei fianchi da dietro, spingermi a fondo e guardarla leccare il cazzo di Porter come un gelato.

Sollevai la testa, mi alzai senza fatica con Jill in braccio, poi mi voltai e la posai in ginocchio sul divano. Le feci scivolare le maniche larghe lungo le braccia così che si liberasse della camicia, facendogliela scendere fino alle ginocchia piegate. Adesso era nuda a parte delle adorabili calze. «Mani sullo schienale del divano.»

Lei sollevò le braccia e fece come le avevo detto. Io e Porter ci fermammo un attimo per rifarci gli occhi. Una Jill nuda, in ginocchio, girata verso lo schienale del divano, era una visione incredibile.

Porter fece il giro dall'altra parte così da mettersi di fronte alla nostra ragazza e sollevò il plug e il lubrificante. «Vogliamo guardarti che te lo infili dentro, ma ti aiuteremo se lo vorrai. A te la scelta, dolcezza.»

Lei aveva la testa piegata all'indietro per guardare Porter negli occhi. Si leccò le labbra. «Io... voglio una mano con il lubrificante, a ungermi per bene. Poi posso mettermelo io dentro.»

Porter mi porse il lubrificante ed io lo presi, aprendone il tappo. Tenendo la boccetta sospesa proprio alla base della sua colonna vertebrale, gliene lasciai colare un po' lungo la fessura tra le natiche.

«Allarga un po' di più le gambe,» le dissi e lei obbedì.

Non potei non notare la sua figa bagnata e, al di sopra, il piccolo anello che adesso era ricoperto di lubrificante. Premendo delicatamente la punta di un dito contro la sua apertura vergine, vi feci girare attorno il lubrificante, poi cominciai a spingere dentro. Per quanto avesse già giocato con quel buco, l'aveva fatto da sola. Quella era la prima volta che si faceva toccare da qualcun altro in quel modo, per cui dovevo fare attenzione. Le sarebbe piaciuto e l'avrebbe convinta a farlo con noi... diamine, era venuta pensando a noi mentre aveva un plug a riempirle il culo.

Coinvolgere un uomo, però... o due, era diverso. Non volevo spingerla nella direzione sbagliata. Solamente piacere per Jill.

Vidi le sue dita stringersi sullo schienale del divano, ma lei spinse il sedere in fuori verso di me ed io vi scivolai dentro. Trasalì, la testa che ricadeva all'indietro mentre mi si stringeva istintivamente attorno.

«Ecco, piccola. Che brava ragazza.» Mi schizzai un altro po' di lubrificante sul dito, infilandoglielo dentro. Avrei ricoperto per bene il plug, ma quello serviva a risvegliare tutte quelle terminazioni nervose che sapevo che adesso la stavano facendo dimenare e agitare, facendole indurire i capezzoli.

Porter mi porse il plug ed io tirai fuori il dito da lei per ricoprirlo di lubrificante.

Con la mano libera, le feci scivolare le dita lungo la schiena in una carezza delicata, poi le strinsi le natiche. «Va tutto bene, piccola?» le chiesi a voce bassa.

«Sì. Sono pronta,» esalò lei.

Porter si mise di fronte a lei, in silenzio, gli occhi fissi su ciò che stavo facendo. In attesa. Senza dubbio voleva infilarsi nella sua bocca, tanto quanto io volevo infilarmi nella sua figa. Ma eravamo disposti ad attendere.

Si trattava di Jill.

Usando il pollice, le allargai un po' le natiche per mettere in mostra l'ano stretto. Entrambi la guardammo allungare una mano dietro di sè, prendere il plug e premerne la punta morbida in silicone contro la propria apertura, infilandoselo lentamente dentro. Porca puttana, era fottutamente eccitante. Porter si chinò in avanti e le parlò mentre lei se lo premeva dentro. La lodò, le disse quanto fosse bella, quanto fosse orgoglioso di lei per il fatto che ci avrebbe presi entrambi, per aver detto ai suoi uomini che cosa le piacesse, di cosa avesse bisogno.

Inizialmente, sembrò che il suo corpo opponesse resistenza, ma lei espirò e il plug scivolò dentro. Sussultò e spalancò gli occhi. Io calai la mano sul suo sedere esposto, dandole una leggera sculacciata.

Lei mi guardò da sopra la spalla, poi sogghignò. Oh sì, il plug era piccolo, ma se l'era infilato facilmente. Dovetti chiedermi di che dimensioni ne avesse usati su di sè. La prossima volta sarebbe stata pronta per uno più grande, o perfino per i nostri cazzi.

«Pronta per altro?» le chiesi, togliendomi la camicia e slacciandomi poi i jeans. Non c'era tempo di togliermi nient'altro. Lei aveva annuito e stava agitando il culo in maniera invitante.

Porter si slacciò i pantaloni e si tirò fuori l'uccello, menandoselo.

«Apri la bocca, dolcezza. Io lo terrò alla base così che non ne prendi troppo.»

Ce l'aveva grosso. *Molto* grosso. Infilarsi nella gola di Jill sarebbe stato paradisiaco, ma non se fosse stato troppo. Potevamo anche infilarci in tutti e tre i suoi buchi, ma non era un porno.

Porter si avvicinò e Jill si sporse in avanti, leccandogli la punta dell'uccello.

Lui gemette, accarezzandole i capelli mentre lei cominciava a giocare.

Per quanto fosse fottutamente eccitante guardare Jill che lo succhiava a Porter, anche il mio cazzo era pronto a giocare.

Il divano era all'altezza perfetta per quello, tenendo Jill

sollevata quel tanto che bastava per averla nella posizione giusta per succhiarlo a Porter. Io potevo mettermi in piedi alle sue spalle e infilarmi dritto nella sua figa.

Con l'estremità rosa del plug ad allargarle le natiche e la figa tutta scura e luccicante, era bellissima. E sexy da morire. Mi facevano male i testicoli dalla voglia di riempirla.

Avvicinandomi, le posai una mano su un fianco mentre mi tenevo l'uccello e ne ricoprivo la punta con tutto il suo miele appiccicoso. Lanciai un'occhiata a Porter, che annuì, frenando i propri movimenti per scoparle la bocca con spinte leggere.

In un'unica spinta lenta, io la riempii tutta. Quella penetrazione la fece spostare in avanti e lei prese Porter fino al punto in cui aveva la mano avvolta attorno al proprio cazzo. Gemette e Porter sibilò chiudendo gli occhi.

«Cazzo, dolcezza, quelle vibrazioni mi faranno venire.»

Lei lo fece di nuovo e sollevò lo sguardo su di lui. Con la bocca piena, non poteva sorridere, ma io sapevo che lo stava quasi stuzzicando. Le diedi un'altra sculacciata, mi ritrassi e mi spinsi a fondo.

Questa volta, il verso che le sfuggì non fu volontario. Era troppo bella. Stretta, calda, e mi calzava come un guanto. Non sarei durato. Vederla così, a prendersi entrambi i suoi uomini insieme, era più eccitante di quanto non avessi mai immaginato. E il plug che aveva nel culo... toccò a me gemere.

Avevamo tutta la notte, per cui quello sarebbe stato solamente un riscaldamento. L'avremmo presa in mezzo a noi nel letto e avremmo continuato a darci dentro. Trovando il suo clitoride, ci girai attorno col pollice mentre me la scopavo con la determinazione e la necessità di venire. Stavo perdendo la concentrazione man mano che l'orgasmo mi faceva ritrarre i testicoli.

«La tua bocca è troppo bella, dolcezza. Sto per venire,» la avvertì Porter, così che potesse prepararsi a deglutire.

Venne con un forte ringhio ed io guardai la gola di Jill mettersi all'opera man mano che mandava giù... e mandava giù.

Quando le sue palle furono svuotate, lui si ritrasse dalla sua bocca e le sistemò i capelli. Adesso potevo sentirla urlare una volta che fosse venuta. Intensificai le carezze sul suo clitoride mentre me la scopavo. Con forza, a fondo, i nostri corpi che sbattevano l'uno contro l'altro.

I suoi muscoli interni fremettero e mi sistrinsero attorno mentre veniva, la testa gettata all'indietro, i capelli lunghi che le ricadevano sulla schiena nuda. Gridò, il suo corpo che quasi tremava per l'intensità del suo orgasmo. Io diedi un colpetto alla base del plug e lei mi strinse ulteriormente. Fu come se mi stesse attirando sempre più a fondo nella sua figa, spremendomi il seme dalle palle. Io non potetti resistere un secondo di più. Sbattendo la mano contro lo schienale del divano, premetti il mio corpo sul suo, trattenendomi il più a fondo possibile dentro di lei e arrendendomi.

Il piacere mi fece vedere dei puntini neri, mi mozzò il respiro, mi fece irrigidire i muscoli. Ero perso in Jill e non volevo mai più essere ritrovato.

13
___

ILL

EVITAI la mia migliore amica Parker Drew il più a lungo possibile. L'aveva fatto anche Porter, ma loro lavoravano assieme ed era stato come sparare a dei pesci in un barile, per lei. A giudicare da quello che mi aveva detto, l'aveva messo all'angolo in ufficio e gli aveva detto – *detto* – che quella sera saremmo uscite solo noi donne. Lui e Liam sarebbero potuti venire a prendermi al Cassidy una volta che avessimo finito, ma non un secondo prima.

Chiaramente, voleva farmi il terzo grado e non avrebbe più aspettato. Sapeva che stavamo insieme. Sapeva che avevo trascorso l'intero weekend con loro. Sapeva che Tommy aveva fatto irruzione nell'ufficio della dottoressa Metzger. Diamine, probabilmente chiunque in città sapeva entrambe le cose.

Tuttavia, lei voleva ogni singolo dettaglio spinto. E non

stavo parlando di Tommy. Per cui, dopo il mio turno in sala risveglio – dal momento che era stato appurato che non avessi avuto nulla a che vedere con l'infrazione, l'ospedale non aveva avuto motivo di licenziarmi – andai a casa, mi feci una doccia, mi cambiai e andai da Parker al Cassidy. Essendo martedì, non c'era molta gente, solamente una piccola folla per cena e un paio di altre persone per l'happy hour. La trovai su un divanetto nel retro con Ava e Kaitlyn, le altre due donne che si erano rivendicate anche loro un Duke più un altro uomo. Sembrava trattarsi di una riunione tra donne Duke e dal momento che io stavo con Porter, facevo parte del club.

«Spara,» disse Parker mentre io mi toglievo il cappotto e lo appendevo al gancio accanto al divanetto assieme agli altri.

Io risi. «Almeno fammi sedere, prima.»

Scivolai accanto a lei e salutai Kaitlyn ed Ava. Conoscevo Kaitlyn dalla scuola elementare, ma si era trasferita lontano quando io ero in prima superiore. Suo padre aveva ferito il signore e la signora Duke – lo zio e la zia di Porter, non i suoi genitori – quando eravamo piccole. Era morto un paio di anni prima e lei aveva deciso di tornare a Raines da dove era cresciuta con sua zia in California. Era la bibliotecaria del paese e usciva con Duke e Jed. *Uscire* non era la parola giusta dal momento che vivevano assieme e se la facevano alla grande.

Ava viveva con Tucker e Colton al ranch dei Duke ed io avevo sentito dire che la mamma di Parker adesso lavorava per lei al Seed and Feed.

Parker mi spinse una birra sotto al naso. «Sei seduta, hai da bere, ora parla.»

Io non potei fare a meno di sorridere. «Cos'è che vuoi sapere, esattamente?»

«Sono bravi?» chiese Parker, agitando le sopracciglia.

«Certo che sono bravi,» replicò Kaitlyn, spingendosi gli occhiali sul naso.

«Vogliamo sapere *quanto* bravi,» chiarì Ava.

Io arrossii. Riuscivo a sentirlo. «Be', sono *molto* bravi.»

Tutte e tre gemettero e Parker si riprese la mia pinta di birra. «Se non parli, niente birra.»

«Va bene, va bene! Diciamo solo che due mesi a baciarci soltanto sono stati i preliminari più lunghi del mondo.» Parker mi porse di nuovo il bicchiere ed io ne bevvi un sorso prima che potesse riprenderselo ancora. «Lasciate che vi chieda...»

Mi stavano fissando intensamente. Io mi sporsi in avanti e loro mi seguirono, le nostre teste vicine sopra al tavolo.

«Quando avete fatto sesso per la prima volta,» dissi, la voce a malapena più di un sussurro per farmi sentire sopra la musica, ma non dal tavolo accanto. «L'avete fatto insieme?» Passai un dito sulla condensa del mio bicchiere. «Nel senso di *insieme* insieme?»

Kaitlyn ed Ava di fronte a me rimasero pensierose per un istante. «Per quanto riguarda me, sì. Be', più o meno sì. La prima sera che ci siamo consciuti, non abbiamo proprio fatto sesso perchè ho scoperto chi era Duke prima di arrivare a quel punto.» Agitò una mano per aria. «Questa è un'altra storia per un'altra sera. Però mi hanno toccata insieme. Mi hanno fatta venire.»

«Quindi non si è trattato di uno di loro che ti portava all'orgasmo mentre l'altro guardava,» replicai io.

Lei scosse la testa. «Oh no, hanno entrambi avuto merito nella cosa.»

«Kaitlyn stava parlando della prima volta che hanno fatto qualcosa. La prima volta che io ho fatto sesso con Colton e Tucker, hanno fatto a turno. Colton è stato il primo, ma Tucker ci stava guardando, per poi prendersi il suo turno.» Sogghignò. «In cucina.»

Parker e Kaitlyn risero e fecero voltare un po' di persone verso di noi. Io stavo ripensando alla domenica pomeriggio e a Porter che mi sollevava e mi posava sull'isola della cucina, infilandosi tra le mie cosce aperte e scopandomi. La differenza di stazza tra noi due non importava a quell'altezza. In effetti, mi era scivolato dritto dentro senza nemmeno dover piegare le ginocchia.

A quel punto guardammo Parker. «La prima volta? Ci si sono messi tutti.»

Io sbattei le palpebre. «Ti sei scopata tre uomini insieme la prima volta?» sussurrai.

Lei sogghignò, poi roteò gli occhi. «È questa la tua domanda? Allora no. Kemp mi ha scopata per primo con Gus e Poe che mi tenevano aperta per lui. Erano tutti coinvolti, ma non è che abbia avuto tre buchi pieni tutti insieme.»

Kaitlyn si fece aria anche lei mentre io mi sentivo arrossire sempre di più. Parker non aveva problemi a condividere certi dettagli.

«E tu?» chiese Kaitlyn. «È per questo che ce lo stai chiedendo, Jill?»

Io scossi la testa. «Mi sono stati addosso per tutto il weekend, ma l'hanno fatto uno per volta. Tipo che Porter mi guardava con Liam e vice versa. O mi hanno presa da soli. Ma mai nello stesso momento fino a ieri sera. Volevo solamente assicurarmi che fosse normale.»

Parker mi diede una pacca sulla spalla. «Normale? Se vuoi la normalità, devi uscire con altri uomini e non con un Duke.»

Kaitlyn ed Ava annuirono, facendo tintinnare i bicchieri

– quello di Ava pieno di birra, quello di Kaitlyn di tè freddo – in cenno di assenso.

«Loro ti adorano, Jill,» disse Ava, allungando una mano e posandola sulla mia. «Sul serio, ti sbavano dietro da mesi.»

«Mesi,» ripeté Kaitlyn, annuendo.

«Anch'io li amo,» ammisi.

«Cosa c'è, allora?» chiese Parker. «Troppo prepotenti?»

«Dominanti?» aggiunse Ava.

«Alfa?» buttò lì Kaitlyn.

«Tutte e tre le cose.»

«Di nuovo, è decisamente una cosa da Duke. Però loro ti amano e vogliono prendersi cura di te e ti hanno resa il centro del loro mondo.»

Io scrollai leggermente le spalle, ma pensai al modo in cui Porter controllava sempre come stessi, se non verbalmente, quantomeno con gli occhi. Soddisfavano ogni mio capriccio – non perchè fossi invalida o infantile – perchè volevano vedermi sorridere. Mi facevano venire per prima. Sempre. Mi aprivano le porte, mi aiutavano con le cinture. Si assicuravano che avessi mangiato.

E *sapevano* essere prepotenti.

«Non ci sono solo io,» ammisi. «Avete sentito che cosa ha fatto mio fratello.»

Loro annuirono. Già, come avevo pensato. Doveva saperlo tutta la città.

«Mio padre ha guidato ubriaco e ha quasi ucciso il signore e la signora Duke. Non dirlo a me,» ammise Kaitlyn. «Io non sono mio padre e tu non sei Tommy.»

Era un argomento valido. Ciò che aveva fatto suo padre... Dio, era stato orribile ed era finito in prigione. Non biasimavo Kaitlyn per quello. Capivo il suo punto di vista. Il casino che aveva combinato Tommy non era altro che quello, un casino combinato da Tommy.

Sospirai, pensando a Porter e Liam. Il mio cuore sfarfallò, ma io sorrisi. «Li amo.»

Tutte e tre le donne esultarono come se un gruppo di persone fosse appena accorso con dei palloncini e un enorme assegno per annunciare la vincita di un concorso. Io non potei fare a meno di sogghignare mentre Ava ci mostrava il suo anello e passavamo a discutere di possibili date per un matrimonio in estate. Dal momento che io sarei dovuta essere in ospedale di prima mattina, tornammo a casa presto. Mandammo un messaggio ai nostri uomini facendo loro sapere che avevamo concluso. Io decisi di andare in bagno prima di uscire. Nel corridoio sul retro, c'era un uomo appoggiato alla parete. Mi si parò davanti ed io mi fermai, improvvisamente nervosa. Non era grande quanto Liam, ma era massiccio. Indossava un cappellino da baseball calato sul viso, una grande giacca nera e dei jeans scuri. Furono i suoi occhi, però. Nessun calore in quelle iridi, e mi fecero indietreggiare.

Vidi un movimento con la coda dell'occhio e mi resi conto che un altro uomo mi era giunto alle spalle. Era basso, ma con la stazza di un barile. Aveva il naso rotto in più punti e mai aggiustato. Sogghignò, e non in maniera bonaria.

«Piano, Jill Murphy,» disse il tipo di fronte a me. Io mi voltai di scatto a guardarlo, con gli occhi sgranati e pietrificata. «Non ti faremo del male. Vogliamo solamente parlare di Tommy.»

Lo stomaco mi balzò in gola. Oddio. Chi erano quegli uomini? Che cosa avevano fatto a Tommy?

Io mi voltai così da avere la schiena contro il muro invece che rivolgerla ad uno dei due. I bagni erano alla mia destra, la sala ristorante principale alla mia sinistra, ma loro mi bloccavano entrambe le direzioni. Per quanto riuscissi a sentire la musica del jukebox e sapessi che c'erano delle persone là fuori, non c'era nessuno nei paraggi.

«Che cosa volete?» chiesi. Avrei potuto urlare, ma non ero certa di cosa avrebbero fatto. Avevano delle pistole nascoste sotto la giacca? Dei coltelli? Fintanto che non mi avessero trascinata fuori dalla porta sul retro, sarei stata al sicuro. Più o meno.

«Tuo fratello ci deve dei soldi.» Il tizio aveva le labbra secche e non si radeva da giorni. Strane le cose che si notano quando si è nel panico.

«Io non ho soldi,» risposi. «La mia macchina ha più di quindici anni. Faccio due lavori.»

«Esatto,» replicò lui. «Due lavori. Due posti dai quali prendere farmaci per ripagare il suo debito.»

«Intendi l'ospedale?» chiesi. Scossi la testa. «I farmaci sono tenuti in grossi macchinari con codici e scanner.»

«Un po' per volta dai tuoi pazienti. Hai delle tasche.»

«Lavoro nella sala risveglio!» controbattei io. «Vengono tutti dalla sala operatoria con delle flebo. Non prendono nessuna pillola.»

«La morfina va bene. Sono sicuro che saprai trovare un po' di ossitocina.»

Io scossi la testa. «Non posso. È impossibile. Magari una pillola qua e là, ma nient'altro.»

Loro sogghignarono e annuirono. «Puoi. Tuo fratello è andato a nascondersi e non è stato in grado di pagare, per cui lo farai tu.» Si avvicinarono, incombendo su di me. Io mandai giù la mia paura. «Se non all'ospedale, allora torna dalla tua dottoressa.»

Sembrava che uno dei due fosse il capo, l'altro solamente una scorta dal momento che non aveva spiccicato parola. «Mettiti al suo computer e manda le ricette alla farmacia per dei pazienti falsi così che possiamo ritirarle.»

«È illegale.»

Ma non mi dire. Dio, era stato un commento stupido. Ovvio che era illegale. Quelli erano uomini cattivi a cui non fregava un cazzo della legge.

«Per te.» Oddio, avrebbero beccato me, non loro. Loro non si sporcavano minimamente le mani. «Però tu ti stai scopando lo sceriffo e il procuratore distrettuale, no? Non ti arresteranno se si infilano nella tua figa. Fallo, altrimenti tuo fratello verrà ritrovato a pezzi sparsi per tutta la contea. Dì loro della nostra chiacchierata e verrete dati entrambi in pasto ai lupi.»

Io deglutii. Non c'era da meravigliarsi che Tommy fosse stato tanto agitato da infiltrarsi nell'ufficio della dottoressa Metzger.

«Questo è il nostro piccolo segreto, giusto? Dillo ai tuoi uomini e noi uccideremo tuo fratello, poi te.» Mi diede una pacca sulla spalla, poi si allontanarono insieme. «Ci risentiremo.»

14

*J*ILL

M<small>I ACCASCIAI</small> contro il muro col cuore che batteva all'impazzata.

Oh. Mio. Dio.

Che cosa avrei fatto? Tirai fuori il cellulare dalla borsetta, digitai il numero di Tommy con dita tremanti. Passò subito alla segreteria. Riagganciai e misi via il telefono.

Merda. Merda! Una donna percorse il corridoio e mi sorrise mentre entrava in bagno. A quel punto mi resi conto di essermene andata già da un po'. Liam! Oh, merda. Stava arrivando dalla stazione di polizia per venirmi a prendere.

Trassi un respiro profondo, poi un altro mentre tornavo fuori passando per il ristorante. Liam mi stava venendo incontro con un enorme sorriso in volto. Non vidi gli altri, per cui immaginai che se ne fossero già andati. Dio, era così bello, così affascinante con i jeans e la giacca pesante addosso. Si tolse il cappello quando mi vide. Avrei voluto abbracciarlo, farmi stringere da lui, sentirlo che mi baciava i capelli. Avrei voluto sentire il suo cuore battere premendo la testa contro il suo petto, inalare il suo profumo pulito.

Però no. Non potevo permetterglielo. Lui era lo sceriffo! Io avrei dovuto infrangere la legge altrimenti Tommy sarebbe stato fatto a pezzettini. E poi c'era Porter. Il suo lavoro consisteva nel perseguire i criminali, metterli in galera. Erano entrambi dal lato giusto della legge. Lavoravano per la giustizia, per il mantenimento della pace. E uscivano con una donna che presto sarebbe stata una criminale. Che cosa avrei fatto?

Non potevo dire loro la verità. Non ancora. Non in quel momento. Dovevo riflettere bene. Se non avessi fatto ciò che volevano quegli uomini, loro avrebbero ucciso Tommy. Se l'avessi fatto, allora avrei potuto rovinare entrambe le loro carriere.

«Ehi, piccola.» Il suo sorriso svanì quando mi scrutò. «Che succede?»

Dovevo pensare in fretta a qualcosa, una scusa sul motivo per cui fossi tanto agitata. Triste. Spaventata. Ero una pessima attrice e non sarei mai riuscita a fingere di stare bene dopo quell'incontro.

«Io, io... um, mi sono venute. Ho dei crampi terribili.»

Lui si accigliò, ma non fuggì via come avrebbe fatto qualche altro uomo al sentir parlare di certe cose da donna. Per fortuna, sembrava non conoscere abbastanza bene una spirale da sapere che non mi veniva il ciclo da anni.

«Okay, andiamo a casa e poi? Ti serve un'aspirina e una borsa dell'acqua calda?»

«Puoi portarmi a casa e basta? Casa *mia*?» chiarii. Era facile fingere di avere dei crampi quando mi sentivo uno schifo. «Lì ho tutto quello che mi serve e non sono molto di compagnia, al momento.»

Avrei voluto tirarmi le coperte sopra la testa e pensare. Nascondermi.

Lui mi avvolse un braccio attorno alle spalle e mi condusse verso la porta. «Certo, però io resto con te. Non esiste che lascio la mia ragazza da sola quando sta male.»

Io quasi cominciai a piangere, a quel punto, perchè era fottutamente dolce, ma mi trattenni.

Un'ora più tardi, mi trovavo accoccolata contro Liam addormentato nel mio letto. Non aveva fatto nulla a parte baciarmi dolcemente e attirarmi tra le sue braccia. Porter aveva chiamato e aveva sperato che mi sentissi meglio, ma aveva detto di essere felice che ci fosse Liam con me. Due uomini premurosi. Mi amavano. Ma presto non l'avrebbero fatto quando avrei infranto la legge. Mentre ascoltavo il respiro profondo di Liam, fissai le pareti scure e mi chiesi che cosa avrei fatto.

———

Superai il mio turno in ospedale, per fortuna il numero di interventi programmati era stato basso. Sia Liam che Porter mi avevano mandato un messaggio per controllare che stessi bene. Era stato facile rispondere durante una pausa dal momento che i messaggi erano brevi e facili da fingere. Durante il pranzo, mi infilai in una delle scale di emergenza e riprovai a chiamare Tommy. Con mia sorpresa, lui rispose.

«Ehi, sorellona.»

«Tommy, stai bene?» domandai.

«Sto bene.»

«Dove sei?»

«Che c'è, vuoi sguinzagliarmi dietro i tuoi fidanzati?»

Io mi scostai il cellulare dal viso e lo fissai per qualche istante. «No, pensavo che magari due tizi, uno con il naso storto, potessero averti trovato.»

Ora era in silenzio. «Fa' ciò che dicono, Jilly.»

«Già, l'avevo immaginato,» borbottai. Se sapevo che aspetto avessero, allora ci avevo parlato. Tommy non mi aveva nemmeno chiesto se stessi bene nè si era infuriato perchè mi avevano avvicinata. Minacciata.

«Mi faranno del male se non lo fai.»

Se ci fosse stata la possibilità di un trapianto di cervello, a mio fratello ne avevano fatto uno. Chi era quel ragazzo che mi stava parlando? Non riconoscevo affatto il mio fratellino. «Fare del male a te? Mi hanno *minacciata*, Tommy.»

«Tu hai lo sceriffo e il procuratore a proteggerti dalla prigione. Fa' solo quelle ricette e andrà tutto bene.»

Dovetti chiedermi se fosse stato lui a dar loro l'idea di farmi scrivere delle ricette false.

«Per quanto tempo? Pensi che siano il tipo di gente che mi permetterà mai di smetterla?»

«Senti, sorellona. Mi piacerebbe tenermi le dita attaccate alle mani. Che problema c'è per qualche ricetta?»

«Si tratta della mia licenza da infermiera, Tommy,» sbottai. «Non solo potrebbero arrestarmi, ma potrei perdere la mia carriera. Il mio mezzo di sostentamento.» Feci avanti e indietro sul pianerottolo di cemento. «La dottoressa Metzger non mi ha nemmeno detto se posso andare al lavoro, domani. Probabilmente sono stata licenziata e questo vuol dire che non posso pagare le bollette. Il mutuo. Potrei perdere la casa, Tommy.»

«Ti stai scopando due uomini che potrebbero sistemare tutto. Ottima trovata.»

Io rimasi sconvolta e mi sentii ferita, insultata e incazzata.

«Sai una cosa? *Tu* ti sei cacciato in questo guaio. Perchè non te li trovi *tu* i soldi? Trovati un lavoro e guadagnateli. O lascia la città. Scappa. Allontanati da tutto ciò in cui sei convolto.»

«Senti, Jilly, devo andare. Ci risentiamo presto.»

Cadde la linea.

Io mi infilai il cellulare nel taschino superiore del camice accanto al blocchetto per gli appunti e alla penna. Emisi un buffo grido che riecheggiò tra le pareti in cemento mentre mi tiravo i capelli.

Come osava Tommy dire una cosa del genere? Come osava chiamare ciò che avevo con Liam e Porter una cosa tanto... tanto da poco? Dio, voleva che rischiassi la mia carriera, la mia relazione, tutto solo così che lui non dovesse affrontare le conseguenze del suo errore?

Però loro lo avrebbero *ucciso*.

E anche me.

Cosa potevo fare? Non fare ciò che volevano loro e continuare semplicemente con la mia vita, guardandomi le spalle così da non farmi prendere e lasciarli farmi a pezzi? Dire a quei tizi di andare a farsi fottere dopodichè loro avrebbero ucciso Tommy? Magari anche me?

Mi sedetti su un gradino freddo, poggiando i gomiti sulle ginocchia. Avrei potuto dire a Liam e Porter che cosa stava succedendo, ma quegli uomini avevano detto che avrebbero ucciso Tommy ed io gli credevo. A prescindere da quanto lo odiassi in quel momento, non lo volevo morto. Non avrei potuto convivere con una cosa del genere.

Ero fregata. Dovevo scrivere delle ricette false altrimenti mio fratello sarebbe morto. Io sarei morta. Ma una relazione con Liam e Porter era fuori discussione. Non potevo trascinarli in quella storia. Le *loro* carriere sarebbero potute finite in rovina. Le loro azioni sarebbero state esaminate. La gente avrebbe creduto che mi avessero aiutata, o quanto meno che avrebbero fatto uno strappo alla regola per la donna che amavano. Liam avrebbe perso il suo incarico. Porter avrebbe potuto essere radiato. Non era giusto che perdessero tutto per me.

Mi si riempirono gli occhi di lacrime ed io le ricacciai indietro. Dio, per la prima volta nella mia vita, dipendevo da qualcun altro, da *due* persone, riponevo fiducia in una relazione. Nell'amore. E, proprio come con la mamma, era finita. Ovviamente, lei non aveva avuto scelta col cancro.

Io avevo una scelta, in quel momento. Dovevo lasciare la città. Fuggire via. Non potevo fare ciò che volevano quegli uomini. Non potevo scrivere ricette false, non potevo immaginare dove sarebbero finiti quei farmaci, chi sarebbe finito coinvolto o ferito dalle mie azioni. Non potevo restare a Raines e vedere Liam e Porter, guardarli voltare pagina con un'altra donna. Se me ne fossi andata, non avrebbero potuto ferirmi. E se avessi detto anche a Tommy di scappare, magari mi avrebbe ascoltata. Magari avrebbe avuto una possibilità.

Tirai fuori il cellulare e gli mandai un messaggio.

Io: Ti verranno a cercare. Scappa.

MI ALZAI, trassi un respiro profondo e sospirai. Cercai di reprimere la sensazione del mio cuore infranto, il dolore che provavo nell'aver avuto tutto e nel perderlo così. Una volta finito il mio turno, sarei andata al bancomat, avrei preso i duecento dollari che avevo da parte, sarei tornata a casa, avrei riempito l'auto di tutto quello che ci sarebbe entrato e me ne sarei andata.

15

Quando arrivai alla stazione e mi sedetti di fronte a Tommy Murphy nella sala interrogatori – serviva anche da sala riunioni dal momento che quel posto era tanto piccolo – Liam lo stava già mettendo sotto torchio da più di un'ora.

La somiglianza tra fratello e sorella era palese. Jill e Tommy avevano gli stessi capelli scuri, gli stessi occhi e la stessa forma del viso. Tuttavia, lì finiva l'affinità. Tommy era alto, con un fisico snello e asciutto, mentre ua sorella era minuta e con delle curve morbide. Jill sorrideva con gli occhi e si preoccupava e voleva profondamente bene a tutti. Era generosa, si occupava degli altri. E aveva perso tempo ed energie per quello stronzo.

Tommy aveva un ghigno cattivo, lo sguardo freddo. Aveva le braccia incrociate sul petto ed era stravaccato sulla sedia, una postura troppo sicura di sè per uno che era appena stato arrestato per tentato furto con scasso. Aveva i capelli lunghi e ribelli, unti, come se non si fosse fatto una doccia per giorni. Indossava una felpa con cappuccio dell'Università del Montana di due taglie più grande di lui, un paio di jeans strappati al ginocchio e delle scarpe da ginnastica. Quando appoggiai gli avambracci sul tavolo e lo fissai, lui non fece nemmeno una piega.

Liam era altrettanto rilassato, senza dubbio fingendosi calmo anche se avrebbe voluto strangolare quel bastardo. Tuttavia, c'erano delle procedure da seguire. Lo sceriffo non poteva pestare un sospettato, a prescindere da quanto desiderasse farlo.

«Facciamo un riassunto per il procuratore, che ne dici?» chiese Liam.

Tommy roteò gli occhi. «Come vi pare.»

«Porter Duke, Procuratore Distrettuale della Contea di Raines, si è appena unito all'interrogatorio,» disse Liam con voce chiara per la registrazione. «Tommy sostiene di essersi trovato a letto a dormire per tutto il tempo della rapina.»

Stronzate, specialmente dal momento che Jill aveva il messaggio in segreteria in cui ammetteva di aver commesso il crimine. «Mi pare di capire che tu debba dei soldi a qualcuno,» dissi invece.

Tommy fece spallucce. «Voi avete un mutuo, no? Anche voi dovete dei soldi a qualcuno.»

«Diecimila dollari, sostiene tua sorella,» proseguii io.

«Va tutto bene. Jill mi sta dando una mano.»

Io mi sedetti e lo fissai, inarcando un sopracciglio. «Lasciandoti ripulire casa sua? Che altro hai intenzione di dare in pegno?»

Lui si tirò via un pezzetto di unghia dal pollice. «Si tratta solamente di cose inutili. Roba elettronica, vecchi gioielli. Non è che a Jill servano. Non sta mai a casa.»

Perchè lavora tutto il tempo.

«Come ti sta dando una mano?» chiese Liam.

A parte pagare quel che è rimasto delle cure mediche di sua madre da sola.

Per la prima volta, Tommy distolse lo sguardo. «Non è che finirà nei guai. Si sta scopando voi due. È stata scagionata per l'infrazione.»

Io lanciai un'occhiata a Liam.

«Lei non si è introdotta nell'ufficio della dottoressa Metzger,» disse lui, tralasciando il fatto che fossimo noi il suo alibi.

Tommy scosse la testa e disse, «Già, e nonostante abbiamo usato il suo codice per l'allarme, ha ancora un lavoro. Non le è successo nulla.»

Non sapevo ancora se avesse riavuto il lavoro o meno. Era troppo impudente riguardo alla vita di sua sorella.

«Che cosa stai dicendo, che ti ha dato lei il codice?» domandai. «Che è tua complice?»

Tommy fece spallucce, grattandosi la testa. «Come ho detto, sapeva che l'avreste aiutata. Voglio dire, *sono* suo fratello.»

Io pensai subito a Sierra, la donna che aveva avuto una "relazione" con me per evitare di finire in prigione. Aveva funzionato, il suo caso era stato archiviato per via di un cavillo, ovvero io che me la scopavo. E la cosa mi aveva fatto licenziare ed ero dovuto tornare a Raines con la coda tra le gambe. Non avevo più provato ad avere nulla di serio con una donna dopo quell'episodio, fino a Jill.

Jill voleva bene a suo fratello, forse troppo per il modo in cui lui la trattava. Tuttavia, lui era tutto ciò che aveva. Con sua madre morta di cancro, suo padre che era fuggito via quando era solo una bambina, anelava una famiglia. Avrebbe fatto di tutto per Tommy. Avevo visto il modo in cui si era rassegnata a recuperare la spilla di sua madre al negozio dei pegni, tirando fuori i soldi di tasca propria per riaverla. Merda, per quanto io non avessi fratelli, se uno dei miei cugini avesse fatto una stronzata del genere, l'avrei pestato a sangue. Lei non aveva sbattuto Tommy fuori di casa, non aveva cambiato la serratura. Non aveva smesso di passargli dei soldi. Era generosa, ma fino a che punto?

«Che altro sta facendo Jill per procurarti dei soldi?»

Tommy si sporse in avanti, sogghignando. «È una bella roba. Cioè, scrivere ricette false è un piano piuttosto carino, specialmente stando con voi due che avete un buono per uscire di galera che vi penzola dal cazzo.»

Porca puttana.

Scrivere ricette false? Era un reato decisamente peggiore del furto con scasso. E lei se la stava cavando. Chiaramente, la dottoressa Metzger non lo sapeva. Diamine, noi ce la stavamo scopando e non lo sapevamo. Dio, era brava. Era passata dall'uscire con noi allo scoparci solo per riuscire a tenersi fuori di prigione. E con entrambi. Lo sceriffo *e* il procuratore distrettuale.

«Non mancare di rispetto a tua sorella parlando a quel modo di lei,» sbottò Liam.

Tommy sollevò le mani in segno di resa.

«Come vuoi, amico. Sto solo dicendo le cose come stanno. Cioè, se fossi dell'altra sponda, anch'io vi scoperei entrambi.»

Liam strinse i pugni ed io mi meravigliai del suo autocontrollo. Io ero troppo distratto da ciò che Jill mi aveva fatto. Che stava *ancora* facendo.

«Da quanto va avanti questa storia?» chiese Liam, la voce profonda, quasi un ringhio.

Tommy fece spallucce. «Di recente. Da quanto voi due ve la sbattete?»

«Dove sono le prove?» chiese Liam.

Lui fece un cenno col mento, indicando il contenitore di plastica sul tavolo in cui c'era ciò che gli era stato trovato nelle tasche quando era stato arrestato. «Mi ha mandato un messaggio prima. Mi ha detto di guardarmi le spalle da voi.»

Io gli porsi il telefono e lui ci passò le dita, poi lo posò sul tavolo. Liam lo prese, lesse e poi me lo passò.

Jill: Ti verranno a cercare. Scappa.

Lanciai un'occhiata a Liam, che aveva la mascella serrata e lo sguardo assottigliato. Cazzo. Jill aveva avvertito Tommy che il dipartimento dello sceriffo stava per prenderlo? Gli stava dicendo di fuggire dalla polizia?

Mi alzai, incombendo su Tommy. Lui spalancò gli occhi scuri, ma sogghignò ancora di più. Avrei voluto tirare un cazzotto a quel bastardo, ma dovevo occuparmi di Jill. Liam poteva godersi il piacere di sbatterlo in galera.

Ci ero cascato. Di nuovo. Jill non era poi così dolce. Oh, la sua figa sapeva di caramella, ma non era tutto ciò che volevamo da lei. Avevo sperato di avere il suo cuore, ma tutto ciò che avevo ottenuto era stata una scopata. Se non altro quella volta avevo scoperto la verità abbastanza presto. Potevo salvarmi. Potevo passare il suo caso ad uno dei miei assistenti una volta che fosse stata portata davanti al giudice. Perchè avrei preso Jill, ma non per scoparmela.

———

JILL

. . .

La macchina era carica. Avevo riempito due vecchie valigie di abiti e cose che mi sarebbero servite ovunque mi fossi sistemata. I soldi del bancomat assieme alle mie carte di credito mi sarebbero dovuti bastare fino a quando non avessi trovato un lavoro. Mi sarei diretta a sud, non aveva senso restare al freddo più del necessario. In Arizona, magari. Non avrebbe nevicato così tanto come lì. Il vento faceva sbattere le imposte e sapevo che sarebbero caduti diversi centimetri di neve durante la notte. Era giunto il momento di mettermi per strada prima che il clima peggiorasse ulteriormente.

Abbassai il termostato e mangiai quel poco di cibo rimasto in frigo per cena. Mi stavo infilando il cappotto quando suonò il campanello. Dopo che quei pessimi uomini mi avevano messa all'angolo al Cassidy, ero oltremodo nervosa. Quando vidi che si trattava di Porter attraverso lo spioncino, fui sollevata. Be', sollevata dal fatto che non mi avrebbero uccisa. Tuttavia non volevo vederlo. Come l'avrei salutato? Come gli avrei detto che lo amavo troppo per stare con lui? Il cuore mi si stava spezzando mentre aprivo la porta.

Lui entrò e se la chiuse alle spalle, un paio di fiocchi di neve che lo seguivano.

«Ciao,» dissi stupidamente.

«Quando avevi intenzione di dircelo, Jill?» chiese Porter.

Io lo fissai ad occhi sgranati. Sapeva che me ne stavo andando?

«Um, be', io...»

«Non l'avresti fatto, non è vero?» Il suo tono di voce era arrabbiato. *Lui* sembrava arrabbiato. Non c'era alcun sorriso dolce, nessuno sguardo carico d'amore o di passione.

Adesso era teso. Rigido. Freddo, e non per via della bufera in arrivo fuori.

Scossi la testa.

«Pensavo che fossi Quella Giusta.» Si passò una mano tra i capelli umidi, essendosi sciolta la neve che gli si era posata addosso nel tragitto dal SUV alla mia porta. «Cazzo, se mi sbagliavo. Sono stato un pazzo a cascarci. Ero pazzo di *te*.»

Mi si riempirono gli occhi di lacrime di fronte alle sue parole. Era meglio che fosse arrabbiato. Sarebbe stato più facile per lui voltare pagina se mi avesse odiata. Io non avevo fatto nulla di male... non ancora. Ma non aveva importanza.

«Mi dispiace,» replicai in tono mite.

«No, non è vero. Sei sola. No, hai Tommy. Non tornare da me quando le cose si mettono male, dolcezza. Perchè succederà.»

Con ciò, spalancò la porta e se ne andò. Io lo guardai percorrere a grandi passi il mio vialetto e salire sul suo enorme SUV per poi allontanarsi.

Chiusi la porta, mi ci appoggiai contro e scivolai fino a terra, piangendo.

Porter mi odiava. Probabilmente anche Liam. Tommy non avrebbe mai dato una svolta alla propria vita. Dovevo solamente sperare che sarebbe stato arrestato prima che gli uomini del Cassidy lo trovassero. L'avevo avvertito di lasciare la città. Dovevo solamente sperare che mi avesse ascoltata. Non potevo più ritenermi responsabile. Dovevo prendermi cura di me stessa, come avevo sempre fatto. Mi tirai su, afferrai la giacca, le chiavi, salii in macchina. Ero tutta sola. Mentre lasciavo la città diretta a Clayton e all'interstatale, mi resi conto di essere davvero stata con Liam e Porter solamente per cinque giorni, per cui non era poi cambiato molto. Io ero esattamente la stessa, tranne che per una cosa.

Un cuore spezzato.

16

IAM

«Cazzo, che giornata.» Mi passai una mano sulla nuca mentre aprivo il frigo di Porter e prendevo una birra.

Ne tolsi il tappo e lo gettai nella spazzatura sotto al lavandino. Tutto ciò che volevo fare era sistemarmi sul divano con Jill in braccio e guardarmi un film. Quando ero diventato un tale vecchiaccio? Oh, già, quando mi ero innamorato.

«Una buona, però,» proseguii. «Tommy è un pesce piccolo. Abbiamo preso lui, ma ce ne ha consegnati altri due in cambio di uno sconto sulla pena. Quel ragazzino è uno stronzetto, pensa solamente a se stesso. Chissene frega. Io sono fuori servizio, per cui, per dimenticare tutto, sono passato al sexy shop e ho comprato alla nostra ragazza un piccolo – be', non poi così piccolo – plug con gioiello. Penso che sarà bellissima con una bella gemma verde ad allargarle le natiche.»

Mi venne duro al solo pensiero di lei a quattro zampe sul poggiapiedi di Porter, il culo per aria, l'ano riempito a meraviglia. Bevvi un lungo sorso. Cazzo, se era buona.

Mi voltai e guardai finalmente Porter.

Era appoggiato al bancone, che fissava fuori da una delle finestre poste su una delle pareti del salotto, per quanto fosse troppo buio fuori per riuscire a vedere anche solo la neve che cadeva.

«Sei troppo teso per esserti fatto la nostra ragaza. È nella vasca? Voglio raccontarle le ultime novità.»

«Non è la nostra ragazza.»

Io mi accigliai, guardandomi attorno. Non vedevo Jill, non sentivo l'odore del suo shampoo. Diamine, non mi *sembrava* nemmeno che ci fosse. Era un tantino paranormale percepire una cosa del genere, però io ci riuscivo.

«Dov'è?» gli chiesi chiaramente.

Lui mi guardò e fece spallucce. «A casa sua.»

«Okay.» Dissi quella parola lentamente, chiaramente essendomi perso qualcosa. «Perchè cazzo si trova là? Posso andare a prenderla io. Non dovrebbe guidare con questo tempo.»

Lui mi guardò negli occhi. «È a casa sua perché è finita.»

«Finita,» ripetei io. Era ubriaco? Era l'unica cosa che riuscivo a pensare, nonostante non avesse nemmeno bevuto.

«Ci ha usati.» Mi accigliai e lui proseguì. «Ha ammesso di aver scritto delle ricette false, proprio come ha detto suo fratello.»

Io posai la birra sull'isola con un fonte tonfo. «Di cosa cazzo stai parlando?»

«Sono andato là. Non aveva alcuna intenzione di dirci la

verità, che ci stava usando, che ci stava *scopando* così da tenersi fuori di galera.»

Non aveva senso con quanto avevamo scoperto quel giorno. Tommy era un deficiente al quale non importava minimamente di sua sorella, la donna generosa. Non appena gli avevo offerto un bell'accordo che gli facesse passare il minimo tempo possibile in prigione, aveva sputanato le persone che gli stavano praticamente estorcendo denaro.

«Lei ti ha detto che sta scrivendo ricette false sfruttando l'ufficio della dottoressa Metzger?»

Lui annuì. «Ha pronunciato quelle parole? Ha detto, *ho scritto ricette false.*»

«No.»

Sospirai, cercando di mantenere la calma, ma tirare fuori delle risposte a Porter era come cercare di far sputare la verità a Tommy. «Cos'è che ha detto esattamente?» Sbattei una mano sul bancone in granito. «Amico, che cazzo di parola ha usato?»

Lui strinse la mascella. «Le ho chiesto se aveva mai avuto intenzione di dircelo e lei ha risposto di no.»

Io lo fissai, cercando di elaborare il tutto nella mia testa. «Abbiamo appena arrestato due persone a Clayton, due persone a cui Tommy deve dei soldi. Tommy non ne ha, come ben sai.»

Lui annuì.

«Tommy non riusciva a recuperare quei soldi, per cui ha avuto la stupida e disperata idea di andare alla ricerca di farmaci nell'ufficio della dottoressa Metzger. Quando la cosa non è andata a buon fine, quei tizi se la sono presa, l'hanno messo alle strette. Quando hanno scoperto che sua sorella lavorava lì, hanno avuto l'idea delle ricette false. Un modo perfetto per ottenere delle pillole. Tommy avrebbe potuto venderle e ottenere i soldi per ripagare quei tizi.»

«Uno spacciatore. Cristo, Tommy è uno stronzo,» mormorò Porter.

«Hanno minacciato Jill,» dissi io, le parole severe. Taglienti. Quando l'avevo sentito dire, quando il tizio con il naso rotto l'aveva detto, avevo dovuto abbandonare l'interrogatorio. Avevo dovuto lasciare che un agente rimanesse con quello stronzo mentre io mi calmavo.

«Cosa vuol dire che l'hanno minacciata?» La voce di Porter si fece profonda e letale.

«Le hanno detto che doveva ottenere le ricette altrimenti avrebbero ucciso Tommy. Avrebbero ucciso *lei*.»

«Ma che cazzo?» esclamò Porter, girando i tacchi e cominciando a camminare avanti e indietro.

«A quanto ha detto Tommy, lei si è rifiutata di farlo e lui era furioso. Sei pronto per la prossima notizia?»

Lui si fermò a guardarmi.

«Il messaggio che ci ha fatto vedere, non stava dicendo a Tommy che i poliziotti lo stavano cercando. Stava parlando dei due bastardi che l'hanno minacciata.»

«Gli ha detto di scappare,» aggiunse Porter.

Io annuii. «Sì, perchè aveva deciso che non avrebbe fatto ciò che volevano. Perchè cazzo hai pensato che avrebbe fatto una cosa del genere?»

«Perchè si sta scopando lo sceriffo e il procuratore distrettuale.»

«Cristo, hai creduto a Tommy?»

Lui scosse la testa. «Te l'ho raccontato che cosa è successo ad est. Avevo una relazione e quella donna si era interessata a me solamente per godersi la vita, e non intendo in maniera sessuale. Era accusata di evasione fiscale e altre stronzate del genere e mi ha usato, mi ha scopato così che potessi tenerla fuori di galera. A quanto pare, ci è riuscita ed io sono stato licenziato. Praticamente sono stato radiato da qualunque lavoro in quello stato.»

«Sienna?» Mi ricordavo di quella storia, sapevo che era lei il motivo per cui non era più uscito con molte donne. Storielle da una notte, ma nulla di reale, non fino a Jill.

«Sierra,» mi corresse.

«Sierra è acqua passata, amico. È successo *anni* fa. Io non l'ho mai conosciuta, ma Jill non è affatto come lei.»

Lui sospirò. «Lo so, ma tra l'essere rimasto scottato in passato e le parole di Tommy, ho fatto un casino.»

Il mio cellulare squillò ed io lo tirai fuori dalla tasca.

«Ehi, Parker,» dissi.

«Se n'è andata.»

Lanciai un'occhiata a Porter. «Chi se n'è andato?»

Lui fece il giro del bancone e si mise al mio fianco. Abbassai il cellulare e misi il vivavoce.

«Jill, idiota,» urlò Parker. «Se n'è andata.»

«Dove?»

«Sparita! Mi ha mandato un messaggio e mi ha detto che stava bene, ma che aveva dovuto lasciare la città.»

«Oh merda,» mormorò Porter. Si portò le mani alla nuca, i gomiti in fuori, ed esalò. «*Ecco* di cosa stava parlando prima. Aveva già deciso di andarsene e non aveva intenzione di dircelo.»

«E tu hai pensato che stesse parlando di rubare ricette.»

«Chi è che sta rubando ricette?» chiese Parker. «Jill non lo farebbe.»

«No, non lo farebbe,» disse Porter. «Ha detto dov'era diretta?»

«Arizona. Qualcosa riguardo il ricominciare daccapo in un posto caldo. Voi due dovete trovarla.»

Porter era già diretto in garage. «Ci pensiamo noi,» dissi,

poi riagganciai. «Io ho il SUV dello sceriffo. Prendiamo quello.»

Porter cambiò direzione e andò alla porta d'ingresso. La neve stava scendendo forte e in fretta, ma dubitai che la sentisse. Ce l'avevo con lui per aver rovinato le cose con Jill, ma potevo capire come fosse successo. Adesso era un uomo in missione, perchè non era stato cresciuto con l'idea di permettere alla sua donna di guidare da sola in una serata come quella. Diamine, di trascorrere la notte da sola in un hotel qualunque. Di permettere di passare anche solo un altro minuto a credere che non la amassimo.

Jill era là fuori. Da sola. Dovevamo trovarla e dovevamo sistemare le cose.

17

ILL

Mi costrinsi a dormire, ma non ci riuscivo. La luce che filtrava dalla finestra metteva in evidenza le piastrelle quadrate sul soffitto, che avevo contato più di una volta, come delle pecore. Ero esausta, avendo lavorato tutto il giorno e poi guidato per cinquanta miglia attraverso una bufera del Montana. Una volta parcheggiato in un hotel di una catena sull'autostrada, mi ero ritrovata i muscoli indolenziti per essere stata tanto tesa. Ero rimasta chinata in avanti come una vecchietta mentre guidavo, tenendomi ben al di sotto del limite di velocità per via della neve che imperversava. Avrei dovuto restarmene a casa e partire la mattina una volta passato il fronte freddo. Non avevo riflettuto a mente lucida. Non avevo riflettuto affatto, in realtà. Era stato meglio che stare effettivamente a sentire la voce nella mia testa.

Era stato relativamente facile evitarla con la radio accesa a tutto volume, ma adesso, nel silenzio di quella camera d'albergo con solamente il ronzio della stufa a distrarmi, ripensai a *loro*.

Indossavo una tuta, delle calze spesse e una felpa con cappuccio perchè per quanto il riscaldamento funzionasse, la coperta era leggera. Mi mancava la fornace interna di Porter. Mi mancavano le braccia di Liam che mi stringevano forte durante la notte. Il letto era vuoto, freddo. Nemmeno dopo che era morta la mamma mi ero mai davvero sentita così sola.

Avevo avuto Tommy a cui pensare, di cui prendermi cura. Lui aveva sedici anni all'epoca e aveva bisogno di qualcuno che lo accompagnasse a scuola. Aveva bisogno della cena in tavola. Aveva bisogno di vestiti puliti.

Adesso, non aveva bisogno di me. Era chiaro. Dovetti chiedermi se mi avesse mai voluto bene. Sapeva che cosa volesse dire? Preoccuparsi così disperatamente di qualcuno da fare qualsiasi cosa per loro? Da-

Qualcuno bussò alla porta ed io scattai a sedere. Avevo chiuso a chiave, avevo messo il chiavistello. Nessuno sarebbe stato in grado di entrare, nemmeno se avesse avuto la chiave elettronica.

«Jill!»

Saltai giù dal letto, fissando i punti più scuri nel buio. Solamente un piccolo cerchio di luce proveniva dalla serratura. Porter?

Bussarono di nuovo. «Jill, siamo Porter e Liam. Apri la porta.»

Io sbattei le palpebre e il mio cuore perse un battito.

«Ti prego,» aggiunse.

Io corsi alla porta, tolsi il chiavistello, girai la maniglia.

Prima che potessi vedere più che due grandi uomini,

venni presa in braccio da Porter mentre entrava nella stanza. Liam doveva aver acceso la luce mentre chiudeva la porta. Porter non si fermò fino a quando non fu sul letto con me seduta in braccio a lui.

«Voi due, cosa-»

«Ssh,» mormorò Porter. «Lascia solo che ti abbracci, dolcezza. Penso di aver perso dieci anni a preoccuparmi per te.»

«Sto bene.»

«Ssh.» Mi strinse più forte e il freddo della sua camicia e dei suoi pantaloni mi trapelò addosso. Rabbrividii e lui mi sfregò un braccio, attirandomi ancora di più a sè.

Liam si lasciò cadere in ginocchio di fronte a noi, ravviandomi i capelli annodati dal viso. Aveva la mandibola ricoperta da un accenno di barba chiara, i capelli spettinati in ogni direzione. Per quanto i suoi occhi azzurri fossero gentili, non potei non notare quanto fosse teso. «Stai bene?»

Io annuii contro il petto di Porter. Riuscivo a sentire il suo cuore battere a mille. Era davvero agitato.

«Come mi avete trovata?» chiesi dopo un minuto.

Liam incurvò un angolo della bocca verso l'alto. «*Sono* lo sceriffo.» La camicia della sua uniforme confermava le sue parole. «Le strade sono uno schifo, per cui ho richiesto uno spazzaneve e l'abbiamo seguito. Ci ha pulito la strada. Abbiamo controllato tutti gli hotel lungo il tragitto e alla reception sono stati molto collaborativi nel comunicarci il numero della tua stanza.»

In quella zona desolata di autostrada, non c'erano poi così tanti hotel e si concentravano solamente ad alcune uscite.

«Perchè te ne sei andata, piccola?»

Io non riesco a guardare Liam per rispondergli. Faceva troppo male.

Lui mi sollevò il mento, mi fece spostare lo sguardo su di lui. «Io... non potevo ferirvi in quel modo.»

Porter gemette. «Io ho ferito te, dolcezza. Mi dispiace così tanto. Non intendevo nulla di quello che ho detto. Non una sola parola.»

Porter allentò la presa e Liam mi prese, sedendosi a sua volta sul letto così da potermi tenere in braccio a sè. Porter mi prese le mani, accarezzandone le nocche. Il suo sguardo incrociò il mio ed io vidi la sua angoscia. «Tanto tempo fa, ho avuto una relazione con una donna che ha avuto dei guai con la legge. Lavoravo all'ufficio del procuratore distrettuale e mi è giunto il suo caso, ma è stato archiviato per via della nostra relazione.»

Cosa? Come aveva osato quella donna sfruttare Porter a quel modo? «Non è colpa tua.»

Lui fece spallucce. «È stato un lungo casino legale complicato, ma lei se l'è cavata, io sono stato licenziato e praticamente ho perso qualunque possibilità di essere assunto in quella città. Ecco perchè sono tornato a casa.» Sospirando, proseguì. «Come ho detto, è successo tanti anni fa. Ho permesso che quell'evento offuscasse il mio giudizio nei tuoi confronti. Sono saltato alle conclusioni quando non avrei dovuto.»

«Hai pensato che stessi con voi solamente per via del casino di mio fratello.»

Lui arrossì e distolse lo sguardo per un istante. «Per un po', prima, sì. Sembra che tu non sia l'unica ad avere dei problemi a fidarti, dolcezza.»

Il dolore che avevo provato nel petto come una pugnalata si attutì. Erano lì, mi stavano abbracciando ed era una sensazione... perfetta.

«Abbiamo arrestato due uomini a Clayton,» disse Liam. «Uno aveva il naso storto.»

Io mi irrigidii nel sentir accennare ai tizi del bar. «Ah, immagino che tu sappia di chi sto parlando.»

«Li ho incontrati solamente una volta. Be', non li ho *incontrati*, loro mi hanno avvicinata al Cassidy. Mi hanno minacciata.»

La mano di Porter si strinse sulla mia.

«La sera che sono venuto a prenderti?» mi chiese Liam.

«Sì.»

«Non avevi le tue cose, eri turbata per colpa loro,» aggiunse lui, mettendo insieme i pezzi. «Io sono lo sceriffo e qualcuno aveva appena minacciato di ucciderti. Perchè non me l'hai detto?»

«Dolcezza, perchè non ce l'hai raccontato?» chiese anche Porter, in maniera molto più tranquilla di Liam. «Che senso ha avere due grandi uomini come noi nei paraggi se non possiamo proteggerti?»

Io gli rivolsi un debole sorriso. «Hanno detto che avrebbero ucciso Tommy. E me, se ve l'avessi detto.»

Sentii un ringhio riverberare nel petto di Liam. «Tommy li ha sputtanati. Hanno confessato.»

Io trasalii. «Che cosa vuoi dire? Avete preso Tommy?»

Porter guardò Liam da sopra la mia testa, poi di nuovo me. «Non lo sapevi?»

Io scossi la testa.

«Qualche ora fa. Era rintanato a casa di un amico. È stata avvistata la sua auto nel vialetto e l'abbiamo arrestato.»

Io mi sentii... triste per il fatto che Tommy fosse in prigione, ma era lì che doveva stare.

«Tommy ci ha dato informazioni sugli uomini che ti hanno *avvicinata*.»

«Non avevo intenzione di farlo!» Strinsi la camicia di Liam. «Non potevo scrivere ricette false. Non potevo rovinare la dottoressa Metzger a quel modo, e non potevo immaginare dove sarebbero finiti quei farmaci, chi si sarebbe fatto del male. E poi, ero troppo nervosa e non sarei stata in grado di cavarmela. Ve lo prometto. Non l'avrei fatto.»

Liam mi posò un dito sulle labbra. «Ssh. Lo sappiamo, e lo stesso vale per la dottoressa Metzger. L'ho chiamata prima per aggiornarla sul caso. Ha detto che sei la benvenuta a tornare nel suo ufficio, ma ti ha detto di prenderti una settimana di ferie, pagate, per goderti una pausa ben meritata.»

Io chinai la testa, sollevata dal fatto di avere ancora il mio lavoro e che il mio rapporto con la dottoressa non fosse andato in frantumi. Sapevo che Liam e Porter non avrebbero voluto che facessi due lavori, ma non si trattava di *farli*, bensì di *averli*. Io non volevo perdere il lavoro per colpa di Tommy, per colpa dei suoi casini, e magari Liam non disse nulla al riguardo perchè mi capiva.

«Quegli stronzi, sono loro il motivo per cui te ne sei andata?»

Feci spallucce, sollevando lo sguardo su di lui. «Non avevo molta scelta. Se fossi rimasta, avrei dovuto fare ciò che volevano. Io proprio... non potevo. Non solo per me, ma per voi.»

«Per noi?» chiese Liam, accigliandosi.

«I vostri lavori. Vi avrebbero licenziati. Proprio come è successo a te con quella donna,» dissi a Porter. «Non volevo che nessuno pensasse male di voi per via dei miei casini.»

Liam mi fece voltare così che avessi le ginocchia poggiate sul letto ai lati dei suoi fianchi e che fossi rivolta verso di lui. Mi prese il viso tra le sue mani grandi.

«Non sono casini tuoi. Non lo sono mai stati, ma decisamente non lo sono adesso. Capito?»

Io annuii, ma non potevo fare più di tanto con lui che mi teneva la testa.

«So che vuoi bene a tuo fratello, ma se ne andrà in prigione. Ha accettato un accordo e testimonierà contro un altro pesce più grosso, ma sconterà comunque una pena.»

Mi stava scrutando, chiaramente preoccupato di come avrei reagito. Sapevano quanto significasse Tommy per me, tutte le cose che avevo fatto per lui senza ricevere un briciolo di gratitudine.

«Bene.»

Lui si accigliò.

«Bene?» chiese Porter.

Io mi morsi un labbro, poi dissi, «Gli ho mandato un messaggio, gli ho detto che quei due gli avrebbero dato la caccia e che avrebbe dovuto fuggire così da non farsi fare del male. Non gli stavo dicendo di fuggire alla polizia, proprio l'opposto. Magari sarebbe andato da qualche altra parte a trovarsi un lavoro e a rispettare la legge.» Liam guardò Porter, che annuì. «Sono felice che lo abbiate preso, però. Lui... deve andare in galera per quello che ha fatto. Io ho fatto del mio meglio, ma non è stato abbastanza. Lui-»

«Ssh,» disse Liam, dandomi un bacio sulla fronte. «Hai fatto un ottimo lavoro con lui. Solo perchè è un ragazzo incasinato la cosa non deve riflettersi su di te. Ha subìto un brutto colpo quando vostro padre se n'è andato e poi vostra mamma si è ammalata, proprio come te. Tu hai scelto di farti il culo per prendere una laurea e andare a lavorare. Prenderti cura delle persone. Lui ha scelto la scorciatoia e ha scoperto che non è così che funziona.»

Lasciò ricadere le mani, posandomele sulle cosce.

«Non sei da sola, docezza. Hai noi. Be', hai Liam, e avrai anche me, se mi perdonerai.»

«Ti amo. Certo che ti perdono.»

Lui sogghignò e gonfiò il petto. *Io* lo rendevo così. Felice, sollevato. Amato.

«Tu perdonerai me?» gli chiesi a mia volta.

«Tu non hai fatto nulla di sbagliato.»

Avevo la sensazione che ci fosse stata concessa una seconda possibilità. Io avevo dato anima e corpo a Tommy quando lui non li aveva voluti. Non vi aveva dato valore. *Avrei* dovuto darli a Liam e Porter. Loro avevano dimostrato che li avrebbero custoditi entrambi. L'avevano dimostrato più e più volte ed io l'avevo presa per repressione. Per prepotenza. Cavolo, se mi ero sbagliata. «Ricordate quando abbiamo litigato riguardo al vostro darmi una mano coi soldi? Con il lavorare troppo?»

Porter mi prese una mano, baciandone il palmo, e annuì.

«Avete ragione. Lavoro troppo. Ma non voglio nemmeno che vi accolliate i miei debiti. Non è giusto.» Feci una pausa e mi presi un istante per vagliare i miei sentimenti. Non c'era dubbio. Mi sentivo sicura del mio piano perchè avevo quei due uomini. «Ho intenzione di vendere la casa. La stavo conservando per via di Tommy: era l'unico posto che ci legasse alla Mamma. A ciò che bramavo riavere. Quello è il passato e... e voi due siete il futuro. La vendita della casa ripagherà tutte le mie spese e mi rimarrà anche qualcosa. Tornerò a scuola. Io e la dottoressa Metzger abbiamo discusso del mio fare l'infermiera professionista, be', prima che capitasse tutto questo disastro, e di lavorare con lei a tempo pieno, ma non ce n'era stato modo.» Feci una pausa. Quella era la parte che mi faceva paura, nella quale dovevo avere fiducia. «Adesso, se... se vivessi con voi, allora potrei lasciare il lavoro all'ospedale, continuare a lavorare part time con la dottoressa Metzger mentre vado a scuola.»

Liam si sporse in avanti, mi baciò. Con forza e con un sacco di lingua.

«È un'ottima idea, piccola.»

Stavo sogghignando e avevo il respiro pesante e guardai Porter per vedere che cosa ne pensasse.

«Amo tutto di te. E te.»

«E dal momento che tu ti trasferisci, lo faccio anch'io,» aggiunse Liam, baciandomi di nuovo e ponendo fine alla conversazione.

«Ci troviamo in una stanza d'albergo in mezzo ad una bufera di neve. Non abbiamo alcun posto dove andare. Cosa dovremmo mai fare?» chiese Porter. «Parlare?»

Riuscivo a capire dal luccichio passionale nei suoi occhi che parlare era l'ultima cosa che voleva fare. Io avevo già esaurito le parole. Avevamo sistemato quel casino, ed era stato un casino bello grosso, ma eravamo insieme e stavamo meglio che mai. Era di *quello* che si trattava quando si parlava d'amore. Incondizionato, disperato.

Aiutava anche il fatto che io fossi ridicolmente attratta da entrambi. Ero stata timida, inizialmente, ma ora non più. Non quando avevo pensato di averli persi. E Porter aveva ragione. Eravamo tutti soli nell'hotel, non c'era nessuno a disturbarci, nessuna distrazione e ci trovavamo in una stanza con solamente un letto.

Infilai le dita nell'orlo della mia felpa, la sollevai di un paio di centimetri mettendo in mostra il ventre. «Dunque non dovrei togliermi questa?»

18

IAM

Quella serata era passata da infernale a paradisiaca. Ecco lì la nostra ragazza, seduta in braccio a me che si sollevava la felpa sopra la testa. Al di sotto, indossava una piccola canotta aderente, una che non nascondeva nulla. Bianca e logora, aderiva alle sue tette floride e i capezzoli vi facevano capolino.

Mentre si sollevava per togliersi l'indumento, io le diedi una leggera sculacciata e lei trasalì. «L'impertinenza ti fa guadagnare una sculacciata, piccola.»

Lei spalancò gli occhi, poi si accese di passione. La sculacciai di nuovo, questa volta sull'altra natica, poi la accarezzai. Oh, le piacque.

«Liam,» disse, la voce roca come quella di una porno star. La nostra dolce porno star sexy. Le avvolsi un braccio attorno alla vita, la feci piegare all'indietro e le presi un capezzolo duro in bocca.

Lei mi portò le mani alla testa, strattonandomi i capelli.

«Per fortuna ha due uomini. Un capezzolo per entrambi,» disse Porter. «Non vorremmo mai che uno dei due si sentisse trascurato.»

Io la spostai così che fosse rivolta verso di lui, ma senza mai sollevare la testa. Lui si unì a me nel dare piacere a Jill. Le mie dita le sollevarono la canotta e noi alzammo la testa per quel tanto che bastava a toglierla. Non mi ero mai immaginato che avrei vissuto una relazione a tre, con la testa accanto a quella del mio migliore amico a lavorarci i seni di una donna, a portarla all'orgasmo.

Avevo pensato di non essere abbastanza per Jill, che volesse anche Porter perchè io ero... non abbastanza. Ma non era affatto così. Ci era voluto un gran disastro per farci rendere conto a tutti che non si trattava di Porter o di me. Jill voleva Porter *e* me. Noi, tutti e tre, eravamo un'unità. Una famiglia tutta nostra, ormai. Un giorno, quando Jill fosse stata pronta, avremmo avuto dei figli. Un sacco, con i suoi bellissimi occhi, il sorriso dolce e la sua esuberanza.

Lei era felice e ben soddisfatta perchè stava con *entrambi* i suoi uomini. Jill era troppo per un uomo solo. Aveva così tanto amore da offrire che io e Porter eravamo abbastanza fortunati da prendercelo tutto.

Ed io avrei passato il resto della mia vita a dimostrarglielo.

«Vi voglio nudi. Voglio tutto,» esalò lei.

Porter si rizzò a sedere, guardò me. Annuì.

Aiutando Jill ad alzarsi di fronte a me, le calai i pantaloni della tuta lungo i fianchi morbidi, poi girai il palmo della mano verso l'alto per prenderle la figa. Lei trasalì quando le mie dita le scivolarono sulle labbra bagnate.

«Che cosa vuoi, dolcezza?» le chiese Porter. Si alzò e cominciò a spogliarsi.

«Entrambi voi,» disse lei, la voce tutta ansimante ed erotica da morire.

«Ci hai, piccola. Non ce ne andiamo da nessuna parte.»

«Voglio che mi scopiate.»

«Qui?» chiesi io, arricciando due dita così che le scivolassero dentro. Mi insinuai un po' più a fondo per cercare il punto che adorava. Lo trovai e premetti.

«Sì!» praticamente urlò.

Dovevo sperare che le pareti dell'hotel fossero insonorizzate. Chiunque fosse passato di lì avrebbe saputo che Jill stava venendo ben soddisfatta dai suoi uomini. E quel pensiero mi fece schizzare fuori del liquido preseminale dall'uccello.

La sua mano si spostò alle sue spalle. Per quanto non riuscissi a vedere esattamente che cosa stesse facendo, quando disse, «Anche qui,» seppi che si stava toccando quella piccola apertura vergine.

Porter restò in piedi a guardare, menandosi l'uccello. «Tu prenditi la nostra ragazza, riscaldala per bene fino a farle prendere fuoco. Se Jill vuole i nostri cazzi insieme, che le riempiono per bene culo e figa, devo andare a recuperare del lubrificante.»

Spinsi Jill in direzione di Porter mentre mi leccavo rapidamente via l'essenza della sua figa dalle dita. Cazzo!

«Dove vai?» chiese lei mentre le mani di Porter le scorrevano sul corpo, come se non fosse stato in grado di impedirsi di toccarla.

«Ho fatto un po' di shopping prima. Ti ho preso un bel plug nuovo. Mi hanno infilato qualche pacchetto di lubrificante nel sacchetto. È nel mio SUV.»

«Torna in fretta,» disse lei, restandosene lì in piedi

gloriosamente nuda, la figa tutta gonfia per via delle mie dita. Aveva i capezzoli duri e umidi per via delle nostre bocche. Le guance tutte rosse. Era eccitata e vogliosa per colpa mia e mi fissava il cazzo. Riuscivo a sentirlo curvare stretto verso la mia cintura. «Voglio entrambi i miei uomini.»

Mi uscì del liquido preseminale, impaziente di entrarle dentro. Sogghignai perchè stavo per uscire al freddo e al gelo. Prima avessi recuperato quel lubrificante, prima le saremmo entrati dentro. Saremmo stati insieme, l'avremmo fatta nostra... insieme, una volta per tutte.

―――――

JILL

Nascosi un sorriso mentre Liam afferrava le chiavi della macchina e correva fuori dalla stanza, ma Porter mi distrasse in fretta. Mi prese in braccio, mi posò al centro del letto e si sdraiò accanto a me. Con la testa appoggiata a un gomito, mi scrutò. Ogni singolo centimetro. La sua mano si mosse sopra di me nel mentre.

«Come ho fatto ad essere tanto fortunato?» domandò, per quanto sembrasse che lo stesse chiedendo a se stesso invece che a me.

Mi venne la pelle d'oca. «Hai freddo?»

Io scossi la testa. Stavo bruciando. «Mi stai stuzzicando.»

Il suo volto si illuminò con un ghigno. «Pensi che questo sia stuzzicarti?»

Io mi agitai mentre mi massaggiava un seno, strattonandomi un capezzolo. «Sì!» esclamai mentre inarcavo la schiena.

Lui mi lasciò andare e si spostò così da infilarsi tra le mie cosce. Era così grosso che avevo le gambe larghissime. Mi sollevò coi palmi delle mani sul culo, la mia schiena che si alzava dal materasso, e posò la bocca su di me.

«Porter!» esclamai mentre mi leccava dalla mia apertura gocciolante fino al clitoride. Mi leccò delicatamente la punta di un labbro fino al clitoride per poi scendere dall'altra parte.

Quando la porta si richiuse dietro a Liam, mi stavo ormai dimenando, piagnucolando. Implorando.

Porter sollevò la testa ed io non potei non notare come il suo mento e la sua bocca fossero bagnati. «Tutto ricoperto di miele,» commentò, poi lanciò un'occhiata a Liam che gettò dei piccoli pacchetti e un plug anale ancora confezionato sul letto.

Le sue mani corsero a sbottonarsi la camicia dell'uniforme, le spalle bagnate per via della neve. «Non vale.»

«Ce n'è un sacco per entrambi.»

Liam rinunciò alla camicia e fece spostare Porter, prendendo il suo posto a tenermi per i fianchi. Io abbassai lo sguardo lungo il mio corpo fino a lui. I suoi occhi azzurri incrociarono i miei. «Siamo pronti a rivendicarti insieme.»

Non disse altro, si limitò a divorarmi – fu quello che fece, mi saccheggiò con bocca, lingua e dita – fino a quando non fu troppo bello, troppo, ed io venni, per poi venire ancora. Mi si bagnò la pelle di sudore, i capelli erano un ammasso di nodi, ne ero certa, la voce roca per via delle mie grida. Ero talmente soddisfatta che non notai il pacchetto di lubrificante che veniva aperto, ma trasalii quando mi colò sull'ano. Miagolai nel percepire il contrasto con la mia figa calda, bagnata e gonfia.

«Piano, piccola. Solamente il mio dito per ora. Devo ungerti per bene.»

Sentii un dito rozzo sfiorarmi in quel punto e gemetti. Le

sensazioni erano così intense, specialmente dato che ero già venuta. Nuove terminazioni nervose si risvegliarono ed io fui riportata ancora una volta alla piena eccitazione.

Quando lui insinuò un dito oltre il mio anello di muscoli stretti, piagnucolai, poi gemetti.

Una morbida suzione mi circondò un capezzolo. Io aprii gli occhi e vidi la testa di Porter. Arricciai le dita tra i suoi capelli mentre lui giocava. «Ecco cosa mi piace sentire, il piacere della nostra ragazza.»

«Sono certo che l'abbia sentito tutto il piano,» commentò Liam mentre insinuava lentamente il dito più in fondo, per poi aggiungere altro lubrificante.

Io non riuscii nemmeno ad arrossire, perchè non mi importava. Avrebbero saputo che ero tanto maledettamente felice.

Un attimo prima mi trovavo sulla schiena, quello dopo Porter era sdraiato sul letto, i piedi che toccavano terra, ed io gli stavo sopra. Quando si era spogliato? Il suo cazzo spesso era premuto tra i nostri ventri.

Avevo le ginocchia ai lati dei suoi fianchi e mi spostai, facendo scivolare la figa bagnata lungo la sua erezione. Lui mi ravviò indietro i capelli e sollevò lo sguardo su di me. «Avida del mio cazzo, dolcezza?»

Io annuii e mi spostai così che si insinuasse contro la mia apertura. Le mani gli ricaddero lungo i fianchi. «Dacci dentro. Salta su così poi Liam si unirà all'azione.»

Afferrandolo alla base – mi pulsò caldo e spesso nella mano – io mi sollevai sulle ginocchia, poi mi calai fino a farmelo scivolare dentro e lo presi fino in fondo.

Lui ringhiò. Io gemetti. Ero talmente piena e mi sporsi in avanti e lo baciai, ondeggiando i fianchi nel mentre. Il mio clitoride gli sfregò contro ed io mi strinsi attorno a lui. Sentii la mano di Liam spostarsi sul mio culo, prenderlo, stringerlo, prima che il suo pollice mi premesse contro l'ano unto. Gridai e contrassi di nuovo i muscoli.

«Muoviti... a entrarle... dentro,» disse Porter tra un bacio profondo e l'altro. Allargò le gambe così da fare spazio a Liam.

Come se lui non avesse aspettato altro che un cenno, si avvicinò. Il suo pollice si scostò e venne presto sostituito dalla punta larga del suo cazzo. Doveva esserselo unto perchè scivolò verso l'alto fino alla mia schiena.

Porter mi fermò con una mano su un fianco e Liam ci riprovò.

«Rilassati, piccola. Fammi entrare, ecco. Brava ragazza. Respiro profondo. Lascialo andare. Sì! Merda, cazzo, porca puttana come sei stretta.»

Io piagnucolai quando la punta stondata scivolò oltre lo stretto anello che gli opponeva resistenza.

«Ecco, prenditi i tuoi uomini,» mi cantilenò Porter. «Sei così bella.»

Mi baciò, lentamente, quasi dolcemente mentre Liam mi scopava nel culo. Non con forza, ma con insistenza. A fondo, sempre più a fondo. Io inarcai la schiena e non riuscii a credere a quanto fossi piena. Due cazzi. Entrambi. Dentro di me.

Una volta che Liam fu arrivato fino in fondo, si fermò.

«Ti amo, piccola. Questa è casa. Tu in mezzo a noi...»

Non disse altro, non poteva. Io non riuscivo a vederlo bene da sopra la spalla, ma appoggiai la testa al petto di Porter, sentii il battito del suo cuore.

«È giunto il momento di venire, dolcezza,» disse Porter, e cominciò a muoversi. Indietro, quando Liam si spingeva a fondo. Si alternarono. Io non riuscivo a muovermi, non potevo fare altro che sentire.

Lì, in quella stanza d'albergo, coccolata non solo dalla

bufera di fuori, ma in mezzo agli uomini che amavo, avevo tutto.

E quando venni, urlai entrambi i loro nomi. Loro mi seguirono presto. Dopo esserci ripuliti, giacqui in mezzo a loro, al sicuro. Protetta. E decisamente apprezzata.

NOTA DI VANESSA

Indovina un po? Abbiamo alcuni contenuti bonus per te.

www.romanzogratis.com

ISCRIVITI ALLA NEWSLETTER

Unisciti alla mailing list per essere informato per primo su nuove uscite, libri gratuiti, premi speciali e altri omaggi dell'autore.

www.romanzogratis.com

TUTTI I LIBRI DI VANESSA VALE IN LINGUA ITALIANA

vanessavalelibri.com

L'AUTORE

Vanessa Vale, autrice bestseller di USA Today, è famosa per i suoi romanzi d'amore, tra cui la serie di romanzi storici di Bridgewater e altre avventure romantiche contemporanee. Con oltre un milione di libri venduti, Vanessa racconta storie di ragazzacci che quando si trovano l'amore, non si fermano davanti a niente. I suoi libri vengono tradotti in tutto il mondo e sono disponibili in versione cartacea, e-book, audio e persino come gioco online. Quando non scrive, Vanessa si gode la follia di allevare due giovani ragazzi e capire quanti pasti può preparare con una pentola a pressione. Certo, non sarà tanto brava con i social quanto i suoi bambini, ma adora interagire con le lettrici.

- facebook.com/vanessavaleauthor
- instagram.com/iamvanessavale
- bookbub.com/profile/vanessa-vale

www.ingramcontent.com/pod-product-compliance
Lightning Source LLC
LaVergne TN
LVHW011835060526
838200LV00053B/4042